繁星·春水

冰 心 著　　爱德少儿编委会 编写

爱德少儿编委会

主　编：童　丹
副主编：陈慧颖
编　委：安　心　董　悦　方舒梦　郭怡杉
　　　　雷蕴涵　李　恒　李可宜　刘国华
　　　　任仕之　桑一诺　沈　晨　向志楠
　　　　许　超　杨　丹　张重庆

浙江古籍出版社

图书在版编目（CIP）数据

繁星·春水 / 冰心著；爱德少儿编委会编写. — 杭州：浙江古籍出版社，2022.5（2024.5 重印）
（青少版经典名著书库）
ISBN 978-7-5540-2242-9

Ⅰ. ①繁… Ⅱ. ①冰… ②爱… Ⅲ. ①诗集－中国－现代 Ⅳ. ①I226

中国版本图书馆 CIP 数据核字（2022）第 058087 号

繁星·春水

冰　心　著　　爱德少儿编委会　编写

出版发行	浙江古籍出版社
	（杭州体育场路 347 号　电话：0571-85068292）
网　　址	https://zjgj.zjcbcm.com
责任编辑	张　莹
特约编辑	何姿伶
责任校对	吴颖胤
装帧设计	爱德少儿
责任印务	楼浩凯
照　　排	湖北省爱德森森文化传播有限公司
印　　刷	河南华彩实业有限公司
开　　本	695mm × 980mm　1/16
印　　张	16
字　　数	205 千字
版　　次	2022 年 5 月第 1 版
印　　次	2024 年 5 月第 6 次印刷
书　　号	ISBN 978-7-5540-2242-9
定　　价	35.00 元

如发现印装质量问题，影响阅读，请与印刷厂联系调换。

前 言

  冰心(1900—1999),原名谢婉莹,福建长乐(今福州长乐)人,是我国现代著名女作家、儿童文学家。

  冰心的父亲是一位具有爱国、维新思想的海军军官,父慈母爱,优裕的家庭环境,使冰心从小就广泛接触了中国古典文学作品。1914年进入北平教会学校贝满女中,1918年入北平协和女子大学学医,后改学文学。1919年发表处女作《两个家庭》。1921年前后,在《晨报副镌》(晨报副镌自1925年改名为晨报副刊)上陆续发表了《迎神曲》《病的诗人》等精练、温婉的小诗。1922年,《繁星》和《春水》在《晨报副镌》上发表,这些含蓄隽永、富于哲理的小诗,受到人们的喜爱。在冰心的影响下,"五四"以来的新诗进入了一个小诗流行的时代。

  《繁星》由164首小诗组成,在这部诗集中,冰心赞颂母爱,赞颂人类之爱,赞颂童心,同时也赞颂大自然,尤其是赞颂她在童年时代就很熟悉的大海。歌颂大自然、歌颂童心、歌颂母爱,成为冰心终生创作的主题。

  《春水》是《繁星》的姐妹篇,由182首小诗组成。在《春水》里,冰心在她永恒的创作主题之外,还用了更多的篇幅,来含蓄地表述她本人和她那一代青年知识分子的烦恼和苦闷。她用微带着忧愁的温柔笔调,述说着心中的感受,同时也在探索着生命的意义,表达着对认知世界的渴望与追求。

春晨、流水、细雨、杨柳,不因诗人的存在而存在,但是它们激发了诗人的灵感,从诗人的笔下流泻而出,化作了优美的诗篇。诗人将自己从生活中获得的独特感悟,用小诗生动形象地表现出来。这些小诗自然含蓄又富于哲理,给人以无尽的回味与思想的启迪。

冰心的小诗宛如一颗颗晶莹的星星,闪耀在诗歌的夜空,受到读者朋友们的喜爱。

目 录
CONTENTS

繁 星

自序 ··· 2
繁星 ··· 3

春 水

自序 ··· 73
春水 ··· 74

寄小读者 节选

通讯一 ······································· 149
通讯二 ······································· 151
通讯三 ······································· 154
通讯四 ······································· 157
通讯五 ······································· 158
通讯六 ······································· 161
通讯七 ······································· 162
通讯八 ······································· 166
通讯九 ······································· 169
通讯十 ······································· 177
通讯十一 ····································· 182
通讯十四 ····································· 186
通讯十五 ····································· 191

通讯十六 ·· 195
通讯十七 ·· 200
通讯十八 ·· 202
通讯二十三 ··· 212
通讯二十四 ··· 215
通讯二十九 ··· 218

再寄小读者 节选

通讯一 ·· 223
通讯三 ·· 224

三寄小读者 节选

通讯四 ·· 229
通讯六 ·· 232
通讯八 ·· 235
小橘灯 ·· 238

《繁星·春水》读后感 ································· 242
参考答案 ·· 244

繁 星
FANXING

繁星·春水

自　序

　　一九一九年的冬夜,和弟弟冰仲围炉读泰戈尔(R. Tagore)的《迷途之鸟》(Stray Birds),冰仲和我说:"你不是常说有时思想太零碎了,不容易写成篇段么?其实也可以这样的收集起来。"从那时起,我有时就记下在一个小本子里。

　　一九二〇年的夏日,二弟冰叔从书堆里,又翻出这小本子来。他重新看了,又写了"繁星"两个字,在第一页上。

　　一九二一年的秋日,小弟弟冰季说,"姊姊!你这些小故事,也可以印在纸上么?"我就写下末一段,将它发表了。

　　是两年前零碎的思想,经过三个小孩子的鉴定。《繁星》的序言,就是这个。

冰　心
一九二一年九月一日

知识考点

　　1.作者把零碎的思想收集在小本子上,是受到印度作家_____的著作_____启发。

　　2.《自序》中的"三个小孩子"分别指的是_____、_____、_____。

名师导读

《繁星》由 164 首小诗组成。冰心一生信奉"爱的哲学",她认为"有了爱,便有了一切"。在《繁星》里,她不断唱出爱的赞歌。她最热衷于赞颂的,是母爱。除了挚爱自己的双亲外,冰心也很珍重手足之情。她爱自己的三个弟弟,还把三个弟弟比喻成三颗明亮的星星。歌颂大自然,歌颂童心,歌颂母爱,成为冰心文学创作的永恒主题。

冰心的诗,清新、细腻、俏丽、淡雅而不乏深沉,微笑里带着泪痕,一个个性化的、追求真善美的抒情主人公形象,在小诗中被塑造得活灵活现。

一

繁星闪烁着——
　深蓝的太空,
　何曾听得见他们对语?
沉默中,
　微光里,
　　他们深深的互相颂赞了。

赏析　这首诗是诗集的开篇之作,诗中运用了拟人的修辞手法,精确地勾勒出一幅清幽明丽、自然和谐的图画:深蓝的夜空,群星闪烁,好像在相互对话,却又悄无声息。它们亮晶晶地闪烁着,仿佛相互间亲切的问候和友爱的赞颂。诗歌充满着对大自然的崇敬,作者也十分含蓄地抒发了诗人对"人类之爱"的追求。

二

童年呵!
是梦中的真,
　是真中的梦,
　　是回忆时含泪的微笑。

繁星·春水

赏析 这是诗人在童年的回忆中建造的一个理想王国,她之所以对童年记忆无法忘怀,是因为她崇尚"真",希望人与人之间真诚无欺,充满真情,然而现实是无情的,美好的童年再也回不去了,所以是"梦中的真";童年又代表着美好、纯真的回忆,所以是"真中的梦";童年是如此美好,但诗人已不能再回到童年,所以是"含泪的微笑"。

Z 知识考点

1.对这首诗分析不正确的是(　　)
　A."是梦中的真,是真中的梦"表明了诗人有种虚无缥缈的感觉。
　B.这首诗是对童年美好的赞美。
　C.这首诗表明了诗人的童年之梦在现实中破灭。

2.这首诗中"是梦中的真,是真中的梦"运用了什么修辞手法?请简述其表达效果。

_____

_____

三

万顷的颤动——
　深黑的岛边,
　　月儿上来了,
生之源,
　死之所!

赏析 前两句描写了月亮升起时的环境:大海扬波,海岛耸立,明月升起。大海既是月亮出生(升起)的地方,又是月亮死亡(下沉)的地方。诗人想表达的是一种思想,即世间万物都遵守这种自然规律,从哪里开始就会在哪里结束,循环往复、生生不息。

四

小弟弟呵！
我灵魂中三颗光明喜乐的星。
温柔的，
　　无可言说的，
　　　　灵魂深处的孩子呵！

赏析 诗人对三个弟弟疼爱有加，当诗人写作时他们会给她启迪和灵感。本诗运用了比喻的修辞手法，把三个小弟弟比作"三颗光明喜乐的星"，生动形象地写出了小弟弟美好、可爱，给人带来欢乐的特点，表达了诗人对小弟弟的喜爱之情。这首诗不仅体现了诗人与兄弟之间的深情厚谊，更是对纯洁童真的赞美。

知识考点

1.结合《繁星·春水》诗集的主题来思考：本诗中，冰心赞美小弟弟其实是为了赞美_____。

2.本诗以"小弟弟呵！"作为开头，表达了诗人怎样的感情？

_____
_____

3.从修辞手法的角度欣赏句子。

　　我灵魂中三颗光明喜乐的星。

_____
_____

五

黑暗，
　怎样幽深的描画呢？
心灵的深深处，
　宇宙的深深处，
　　灿烂光中的休息处。

赏析　这首小诗把黑暗比喻得十分恰当，但并不是为了赞扬黑暗，而是为了表达光明会代替黑暗。这首诗的意思是只要你没杂念，心灵便是没有黑暗的。"宇宙的深深处"是黑暗的，但还有许多像太阳一样的恒星带给我们温暖和光明；在"灿烂光中的休息处"的确没有阳光，虽然阳光休息时是在黑暗的夜晚，但不久后，沉寂的夜晚将被太阳那强大的光辉所替代，所以黑暗是永远战胜不了光明的。诗歌中重复使用"深深"这个叠音词，增强了诗句的节奏感，形成了一种遥远悠长的空间感受。

六

镜子——
　对面照着，
　反而觉得不自然，
　　不如翻转过去好。

赏析　诗人对"真"的渴求无处不在，甚至连镜子中的影子都觉得不自然，"不如翻转过去好"。镜子中自己的形象，如同别人眼中的自己。不在意镜中的自己，便是不在意别人对自己的看法，只愿做一个洒脱、真实的人。

七

醒着的，
　只有孤愤[指正直、有才能的人不被世人理解的愤慨]

的人罢!

听声声算命的锣儿[指即将到来的残酷的未来],

敲破世人的命运。

赏析 诗人运用对比的手法,呼吁世人不要麻木不仁、碌碌无为地活着,要掌握自己的命运,确定目标,奋发有为。

八

残花缀在繁枝上;

鸟儿飞去了,

撒得落红满地——

生命也是这般的一瞥(piē)么?

赏析 诗人用鸟儿匆匆飞去和落红满地的情景来与生命做比较,联想生命会不会和她眼中的世界一样"来也匆匆,去也匆匆",告诫人们要珍惜时间,享受生命中的美好时光。

九

梦儿是最瞒不过的呵!

清清楚楚的,

诚诚实实的,

告诉了

你自己灵魂里的密意和隐忧。

赏析 一个人在他人面前,可以笑靥(yè)如花,但能骗得过自己的内心吗?在梦里,生活中的难言之隐、灵魂深处的忧虑,都会一一涌现,真的是"日有所思,夜有所梦"。我们要过真实而有意义的生活,不要把现实中的隐忧带入梦境。

一〇

嫩绿的芽儿,

繁星·春水

　　和青年说：

　　"发展你自己！"

　　淡白的花儿，

　　和青年说：

　　"贡献你自己！"

　　深红的果儿，

　　和青年说：

　　"牺牲你自己！"

赏析　这首诗写出了大自然对人生的启示。从芽儿、花儿、果儿对青年的"告白"中，可以看到芽儿、花儿、果儿对青年的期望，还能看出诗人假借自然之物，歌咏了美好的青春时光。以积极的人生态度，劝勉青年人应奋发努力，不断充实、提高、发展自己，把青春贡献给社会，要有牺牲自我、无私奉献的精神。

Z 知识考点

1. 对这首诗分析不正确的是(　　)

A. 第一节中"嫩绿的芽儿"是指刚出土的娇嫩的幼苗，形容青年人生机盎然，"发展你自己"是说青年人要努力使自己成长壮大。

B. 第二节是说芽儿经过艰苦的奋斗，长大成为"淡白的花儿"，这时就应该将自己的一切贡献出来。"淡白"说明花儿已经逐渐成熟。

C. 第三节是说花儿又经过奋斗，结成"深红的果儿"，这时就应该牺牲自己，供人品尝、食用。"深红"暗示"果儿"已经熟透，可以摘取了。

2. 这首诗用了怎样的修辞手法？

一一

　　无限的神秘。

　　何处寻他？

　　微笑之后，

　　　言语之前，

　　　　便是无限的神秘了。

赏析　这里的"无限的神秘"就是诗人所赞美的真、善、美。整首诗的意思是：有时真、善、美的体现其实很简单，彼此不必言语，一个微笑就足够了。微笑是人际关系的调和剂，能够消除误会，促进和谐。表现了诗人乐观包容的态度。

一二

　　人类呵！

　　相爱罢，

　　　我们都是长行的旅客，

　　　　向着同一的归宿。

赏析　每个人都是漫漫人生途中的旅客，每个人都有生命终结的那一天。在这短暂而漫长的人生中，人与人之间与其互相仇视，痛苦度日，还不如相亲相爱，和睦相处，让人生充满爱与欢乐。这首诗用直白的语言，表述了诗人一直崇尚的"爱的哲学"。

一三

　　一角的城墙，

　　　蔚蓝的天，

　　　　极目的苍茫无际——

　　　　　即此便是天上——人间。

9

繁星·春水

赏析 这首诗弥漫着一种苍茫之感,城墙之上有蔚蓝的天空,极目远眺,看见的是一望无际的边塞风光,这就是天上人间了。诗人通过视角的切换,赞颂了自然之美,表现了对更高境界的追求与对美好未来的憧憬。

一四

我们都是自然的婴儿,
　　卧在宇宙的摇篮里。

赏析 诗人在这首诗中强调自然对人的影响以及人与自然和谐相处的生活方式。赞美了自然与宇宙的伟大,表现了诗人对自然、对宇宙的热爱与感激。诗中描述的这种天人合一、返璞归真的境界不正是我们每个人所向往的吗?

一五

小孩子!
你可以进我的园,
　　你不要摘我的花——
看玫瑰的刺儿,
　　刺伤了你的手。

赏析 这是一首集母爱和哲理于一体的诗歌。诗中对儿童的热诚欢迎和殷切叮嘱,正是诗人母爱之心的真实体现。玫瑰虽美,却有尖刺,只能观赏,不能随便采摘。诗人告诉孩子们:美的东西要学会欣赏,不要常怀占有之心。

一六

青年人呵!
为着后来的回忆,
　　小心着意的描你现在的图画。

赏析 诗人劝诫青年人把握好现在，勤奋学习，踏实工作。只有"小心着意的描你现在的图画"，将来的事业才会辉煌，人生之路才会宽广。当回忆往事的时候，你才能够不因虚度年华而悔恨，不因碌碌无为而羞愧！你才能够自豪地说："我的这一生是过得丰盈充实的，是有意义的。"诗中"小心"一词，用得精妙，无限关爱、叮咛之情尽显笔端。

知识考点

1.这首诗告诉了我们什么？

_____

_____

2.如何理解"小心着意的描你现在的图画"中的"小心"一词？

_____

_____

一七

我的朋友！
为什么说我"默默"呢？
世间原有些作为，
　　超乎语言文字以外。

赏析 诗人认为默默无闻不代表无所作为，夸夸其谈也许会一事无成。友谊也是如此，要用心灵去培育，用行动去维护，而不是花言巧语。

知识考点

为什么说"世间原有些作为，超乎语言文字以外"？

_____

_____

一八

文学家呵!

　着意的撒下你的种子去,

　　随时随地要发现你的果实。

赏析　诗人把"细心观察,发现和积累写作素材"比喻成撒下种子,把写出好的作品比喻成收获果实。诗歌告诉大家只有深入生活,才能激发创作灵感这一道理。

一九

我的心,

　孤舟似的,

　　穿过了起伏不定的时间的海。

赏析　诗人采用比喻的修辞手法,把"心"比作"孤舟",把"时间"比作"海",突出心的寂寞。"起伏不定",一是说心情十分孤寂、不安,二是说命运坎坷、前途未卜。"时间的海",指的是漫漫人生路,也说出了未来道路的艰险和内心的迷茫。表达出诗人此时此刻心情的孤独以及对亲人、家乡的思念。

二〇

幸福的花枝,

　在命运的神的手里,

　　寻觅着要付与完全的人。

赏析　幸福的人生是人人都渴求的,但事实并非人人美满,有些人认为这是命中注定的事情。但诗人不这样认为,诗人认为幸福取决于个人的努力,命运之神手握幸福,随时将机会送给那些有准备的人。这首小诗包含着诗人对幸福的阐释:心灵美好而积极进取的人才能收获幸福。

二一

　　窗外的琴弦拨动了,

　　　　我的心呵!

　　怎只深深的绕在余音里?

　　是无限的树声,

　　　　是无限的月明。

赏析　从本诗中可以看出诗人依然沉浸在自然中,使诗人心弦拨动的不仅仅是窗外的琴弦,更是广阔的自然空间。在曼妙的琴声中,拓展出了无限的幽远和空阔,是"无限的树声""无限的月明",大自然的一切让诗人动容不已。表现了诗人对大自然的歌颂。

二二

　　生离——

　　　　是朦胧的月日,

　　死别——

　　　　是憔悴的落花。

赏析　诗人运用比喻把抽象的事物具体化,用"朦胧的月日"比喻"生离",体现出不知何日再相逢的期盼,惆怅绵绵;用"憔悴的落花"比喻"死别",体现的是一种决绝的凄美。当和亲人离别时,悲伤与思念让人泪眼蒙眬,所以看到日月也是朦胧的。生死离别时那种巨大的悲痛袭上心头,更令人心碎。

二三

　　心灵的灯,

　　　　在寂静中光明,

　　　　在热闹中熄灭。

赏析　人在安静时,更容易和自己的内心交流,在交流中我们更容

繁星·春水

易认识自己,探寻到自己的真实想法。而热闹之时,人的内心很难平静下来,也很难认清自己内心的真实感受。所以心灵之光要在安静的时候发现,寻找创作的灵感更需要保持内心的平静。"五四"时期的诗人,心中虽然有一盏明亮的心灯,但却总是抵不住黑暗的围攻和袭击,无法超越现实。因此,每当诗人独处时,内心是豁然开朗的,但置于热闹中,却是混沌的、模糊的。这也是诗人诗中的意象常常笼罩着孤独、寂静的原因。

二四

向日葵对那些未见过白莲的人,
　　承认他们是最好的朋友。
白莲出水了,
　　向日葵低下头了;
她亭亭的傲骨,
　　分别了自己。

赏析　诗人运用拟人的修辞手法和象征的表现手法,以向日葵的卑怯和自矜来衬托白莲的傲骨和谦虚。这一拟人化的描写分别写出了两种不同的人格:向日葵随着太阳而俯仰,象征那些趋炎附势、丧失自己人生价值的人;莲花出淤泥而不染,喻指那些有着高洁品性、不同流合污的君子。诗歌意在告诫青年人要像莲花一样高洁,不为流言所动。

二五

死呵!
起来颂扬它;
是沉默的终归,
　　是永远的安息。

赏析　诗人在诗中指出:死亡对她来说,只不过是一个归属,一个安息地。表现诗人对死亡洒脱从容、坦然乐观的心态。

二六

高峻的山巅，

　　深阔的海上——

是冰冷的心，

　　是热烈的泪；

可怜微小的人呵！

赏析　前四句诗人以准确的形容词描写山、海、心、泪，结尾句"可怜微小的人呵！"以一句感叹突出主旨。诗人感叹自然的伟大和人类的渺小，与广阔博大的自然相比，人类的力量是何其微弱。表现诗人对自然的崇敬和赞美之情。

二七

诗人，

　　是世界幻想上最大的快乐，

　　也是事实中最深的失望。

赏析　诗人采用比喻的修辞手法，表达了内心的纠结，感叹理想与现实的差异。诗人指出在幻想世界获得的快乐，是那么让人陶醉；回到现实，又回到了失望和痛苦的深渊，展现出诗人矛盾的内心世界。

二八

故乡的海波呵！

你那飞溅的浪花，

　　从前怎样一滴一滴的敲我的盘石，

　　　　现在也怎样一滴一滴的敲我的心弦。

赏析　诗人的童年是在海边度过的，飞溅的浪花、高耸的盘石是她对童年的记忆。童年，诗人以海为友，对她来说，海不仅是一种自然的存在，而且与自己的生存体验和精神追求融为一体。广阔无垠的海能

▶ 繁星·春水

包容一切,能洗净世间一切芜杂与纷扰,从这个意义上说,诗人已经被"海化",海是她的生命之光、思想之源。本诗表达了诗人对故乡大海的礼赞,也流露出诗人的思乡之情。"飞溅""敲"等动词写出了大海的动态美,"一滴一滴"表现出思念的绵长。

二九

我的朋友,
　　对不住你;
我所能付与的慰安,
　　只是严冷[严肃而冷峻]的微笑。

赏析　用"严冷"来形容微笑,对比中形成了一种强烈的情绪表达效果,表达了诗人对朋友态度的不赞同与无可奈何的真实感情。

三〇

光阴难道就这般的过去么?
除却缥缈的思想之外,
　　一事无成!

赏析　我们可以想象出,诗人在写这首诗时,心中充满着对生命易逝的感叹,沉溺于思考生命却无法触摸生命本质的痛苦溢于言表,而这恰恰是诗人的自省:应该扼住时间的喉咙,让自己有所成!诗歌主题也十分明显,诗人想告诫人们应该珍惜时间,把思想化为实际行动,只会空想而不付诸行动,将会一事无成。

三一

文学家是最不情的——
　　人们的泪珠,
　　　　便是他的收成。

赏析　把"泪珠"说成是"收成",诗人借文学家的无情表达出对人们痛苦的理解。在诗人眼里,痛苦和眼泪是文学创作最好的素材。文学家对于人类的贡献,就是对人类精神世界的耕耘,让读者读了作品以后有所触动。

知识考点

你如何理解这首诗?

_____

_____

三二

玫瑰花的刺,
　　是攀摘的人的嗔(chēn)恨[怨恨],
　　是她自己的慰乐。

赏析　诗人运用象征手法,写浑身长满刺的玫瑰引起采花人的恨,借以表达我们应该拥有玫瑰一样美艳却不谄(chǎn)媚的独立人格。玫瑰象征有个性的人,虽受到采花人的怨恨,却保持本性并收获快乐。

三三

母亲呵!
　　撇开你的忧愁,
　　　　容我沉酣在你的怀里,
　　　　　　只有你是我灵魂的安顿。

赏析　诗人能以一颗纯洁童真的心来观察社会人生,都源于父母给予了她无私、完整的爱,让她保持了最完整、最透彻的童心。母亲的怀抱是人生唯一可靠的避风港,是唯一能使诗人心灵得到慰藉的地方。诗歌高度赞美了母爱,歌颂了母爱的伟大。

三四

创造新陆地的,

　　不是那滚滚的波浪,

　　却是它底下细小的泥沙。

赏析　诗人运用比喻的修辞手法,把"高贵的人"比作"波浪",把"平凡的人"比作"泥沙"。在"波浪"和"泥沙"的对比中,告诉我们平凡人往往创造着伟大的事业,平凡中往往孕育着伟大,所以不要小觑(qù)那些看似渺小的平凡人。这里体现了诗人对平凡人的赞颂。

三五

万千的天使,

　　要起来歌颂小孩子;

小孩子!

他细小的身躯里,

　　含着伟大的灵魂。

赏析　这首诗表达诗人对童真的歌咏、赞赏和对新事物的珍爱。表现了诗人的纯真和对真善美的崇仰。为什么要歌颂小孩子?因为小孩子本是一生中最"无知"的时候,但在诗人看来,这恰恰体现了"无知而单纯的可爱",这种"伟大的灵魂"就是成年人所丢失的"本真"。诗人希望我们能始终做一个纯真的人。

三六

阳光穿进石隙里,

　　和极小的刺果说:

"借我的力量伸出头来罢,

　　解放了你幽囚[囚禁]的自己!"

树干儿穿出来了,

坚固的盘石，

裂成两半了。

赏析 这首诗意境新颖，含义深刻，富有哲理。诗人运用拟人的手法，以恬淡自然且富有童话色彩的笔调写出了刺果坚定的信念。刺果借助阳光的力量，凭借着自己的信念，将坚固的盘石碎裂成两半。颂扬了敢于反抗、勇于斗争的精神。告诉我们要拥有坚定的信念，不要向恶劣的环境屈服，只要抓住机遇，努力向上，就会有惊天动地的壮举。

知识考点

1. 说说下列两句诗中"穿"字的妙处。

 （1）阳光穿进石隙里：_____

 （2）树干儿穿出来了：_____

2. 这首诗以恬淡自然而又充满童趣的笔致，颂扬了一种什么样的精神？给你怎样的启示？

_____

_____

三七

艺术家呵！

你和世人，

难道终久的隔着一重光明之雾？

赏析 "光明之雾"指的是界别艺术的清楚与模糊，体现了艺术家与普通人在艺术理解和感受上存在着差别。末尾一句运用反问手法表明艺术家只有立足于现实，扎根于百姓生活，才能不断创作出贴近现实生活的好作品。

繁星·春水

三八

井栏上，
　听潺(chán)潺山下的河流——
　料峭[略带寒意]的天风，
　　吹着头发；
天边——地上，
　一回头又添了几颗光明，
　　是星儿，
　　还是灯儿？

赏析　诗人用细腻的笔触，以变化自如的句式渲染着"潺潺山下的河流""料峭的天风"和不知是"星儿"还是"灯儿"的"几颗光明"，生动地写出了自然景物的优美，全诗情景交融，物我合一。末尾的问句显现出诗人的沉思，表达出诗人对大自然的赞美之情，体现了诗人对人与自然的和谐关系的渴望和追求。

三九

梦初醒处，
　山下几叠的云衾里，
　　瞥见了光明的她。
朝阳呵！
临别的你，
　已是堪怜，
　　怎似如今重见！

赏析　这首诗在语言运用上很有特色，诗人在白话新诗中镶嵌了文言字词，使诗歌别有一番风味。落日和理想的打击让诗人感到悲壮而可怜，梦醒时又突见朝阳，仿佛又一次看到了希望，于是诗人产生了如久别重逢一样的悲喜交加之情。诗人通过自己的真情实感，告诉我

们在实现理想的过程中有成功也有失败,有悲伤也有喜悦。我们要坦然乐观地面对挫折。

四〇

我的朋友
你不要轻信我,
　贻你以无限的烦恼,
　　我只是受思潮驱使的弱者呵!

赏析 诗人在此处表达了"我"是背叛者,所以不要相信"我","我"会给"你"带来烦恼,其实"我"也是受害者的意思。诗人借此表现了人们在社会中被环境所迫的情形,告诉我们,人容易受社会环境的影响,遇到问题时要学会独立思考,有正确的主见。

四一

夜已深了,
　我的心门要开着——
一个浮踪的旅客,
　思想的神,
　　在不意中要临到了。

赏析 这首诗以奇幻的想象写夜深人静的时候,诗人将思绪之门打开,灵感也在无意中降临。表达了诗人迎接思想的神,渴望得到灵感的心情,同时也告诉人们创作是需要灵感的。

四二

云彩在天空中,
　人在地面上——
思想被事实禁锢住,
　便是一切苦痛的根源。

繁星·春水

赏析 人们都渴望能像天空中的"云彩"一样自由。如果一个人没有创新精神,思想麻木或被禁锢,那他只有痛苦。诗人借"云彩在天空中"说明:要站在一个更高更远的角度看待问题,才能不被事物的表象所迷惑,才能让思想从禁锢中解放出来。

四三

真理,
　　在婴儿的沉默中,
　　　　不在聪明人的辩论里。

赏析 诗人此处用"婴儿的沉默"和"聪明人的辩论"进行对比,告诉我们:真理是客观存在的,不以人的言语或意志为转移,人只能依照真理行事,不可空谈。同时,诗人也借此赞美了童真,表达了对成人世界被世俗蒙蔽心灵的无奈之情。

四四

自然呵!
　　请你容我只问一句话,
　　　　一句郑重的话:
　　"我不曾错解了你么?"

赏析 诗人如同朋友一样郑重地面对自然,直白发问:"我不曾错解了你么?"诗人对自然的热爱是建立在试图相互理解和沟通的基础上的,只有这样才可以与自然达到真正的和谐,表达了诗人对自然的热爱和敬畏。诗人认为在自然面前,人类成了无知的孩童,不知曾错解它没有。诗歌告诫我们要了解自然,保护自然。

四五

言论的花儿

　　开的愈大，

行为的果子

　　结得愈小。

赏析　这首诗语言形象精练，对比鲜明。运用比喻、对比的修辞手法将深刻的哲理形象化。告诫人们应当谦虚，不要夸夸其谈，光说不做是不可能成功的。凡事重在落实，要脚踏实地去做，才能收获硕果。

知识考点

这首诗告诉我们一个怎样的道理？

_____

_____

四六

松枝上的蜡烛，

　　依旧照着罢！

反复的调儿，

　　弹再一阕罢！

等候着，

　　远别的弟弟，

　　　　从夜色里要到门前了。

赏析　诗人在夜间等候着远别的弟弟回家，"蜡烛，依旧照着""反复的调儿，弹再一阕"，表明了等待的时间很长，表达了诗人对弟弟迫切的思念之情。

四七

儿时的朋友：
海波呵，
　山影呵，
　　灿烂的晚霞呵，
　　　悲壮的喇叭呵；
我们如今是疏远了么？

赏析　诗人巧妙借助"海波""山影""晚霞""喇叭"这些童年常见到的和听到的事物作为诗歌的意象，表达对美好童年的怀念。诗人在末尾使用一个问句，表达出对童年远逝的感慨。

四八

弱小的草呵！
骄傲些罢，
　只有你普遍的装点了世界。

赏析　诗人的爱具有平等性，无论是高山大河还是小花小草，诗人都一视同仁地爱它们。小草虽然弱小，却装点了世界。诗人运用象征手法，谱写了一曲小草的赞歌，表现了诗人对平凡弱小事物的赞颂。诗人也借着这首诗告诫世人：要多一些自信和骄傲，不要只看到自己的缺点和弱点，还应该相信自己有能力为这个世界添光增彩。

四九

零碎的诗句，
　是学海中的一点浪花罢；
然而它们是光明闪烁的，
　繁星般嵌在心灵的天空里。

赏析　这是一首很奇特的诗，诗人用诗歌的形式来告诉读者这些

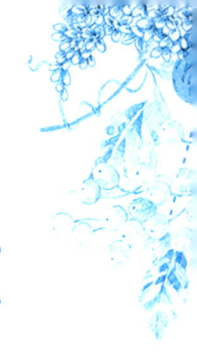

小诗是如何创作出来的。诗人采用比喻的修辞手法,将"诗句"比喻成"浪花",诗句虽然像大海中的浪花一样普通,但它却是光明闪烁的,能照亮人们的愚昧和无知,生动形象地写出了诗歌对人的心灵的影响。"繁星般嵌在心灵的天空里",成为人们经久传诵的佳句。

五〇

不恒的情绪,
　要迎接它么?
它能涌出意外的思潮,
　要创造神奇的文字。

赏析 这里"不恒的情绪"指的是灵感,有了灵感才会涌出思想的火花。诗人在诗中指出,人的情绪能影响一切,能创造出神奇的文字,相反地,文字又能改变人的情绪。多变的情绪能更好地体会这个世界的变化。

五一

常人的批评和断定,
　好像一群瞎子,
　　在云外推测着月明。

赏析 诗人借一个巧妙的比喻讽刺那些平庸无知却不懂装懂的人,称那些人就像是瞎子一样,在云外推测着天气如何,然而这些"瞎子",在人前总是表现得特别虚伪。诗人以此来告诫大家要有"真实"的自我,做一个真实的人。

五二

轨道旁的花儿和石子!
只这一秒的时间里,
　我和你

是无限之生中的偶遇，
　　也是无限之生中的永别；
再来时，
　　万千同类中，
　　何处更寻你？

赏析　这首诗散发着淡淡的哀伤和惆怅，命运注定了这次相遇，又注定了永别。本诗采用了比兴手法，先说和花儿、石子偶遇后转瞬间分别，类比友谊也是如此。由此可见，人与人之间的相识相知是多么不容易，珍惜身边的亲人、朋友吧！

五三

我的心呵！
警醒着，
　　不要卷在虚无的旋涡里！

赏析　诗人运用象征手法，告诫人们要有理想有目标，要时刻警醒，不要在碌碌无为中度过一生。

五四

我的朋友！
起来罢，
　　晨光来了，
　　要洗你的隔夜的灵魂。

赏析　新的一天的晨光，成为洗涤我们灵魂之光。诗人借此告诫青年人，要勤奋，不可懒惰。一天之计在于晨，珍惜时间吧！

五五

成功的花，

　　人们只惊慕她现时的明艳！

然而当初她的芽儿，

　　浸透了奋斗的泪泉，

　　洒遍了牺牲的血雨。

赏析 俗话说"人不可貌相"，虽然展现在每个人面前的花朵都那样娇艳美丽，但是又有谁会知道在她们美丽的背后有着无限的努力，所以当我们面对困难想要退缩时，可以看一看诗中这明艳的花，去学习花的奋斗和牺牲精神，从它的成功中吸取成长的经验。

Z 知识考点

1. 诗中"_____"一词突出了花的成功，并将其与当初芽儿经历的牺牲与奋斗_____，有力地突出了诗的主题。

2. 如果把"惊慕"改为"羡慕"好不好？为什么？

_____

_____

3. "人们只惊慕她现时的明艳！"句末的感叹号有什么作用？

_____

_____

五六

夜中的雨，
　　丝丝的织就了诗人的情绪。

赏析　诗歌表现出诗人的心情就像雨丝一样细腻，"织就"写出了雨给诗人带来的影响。全诗融情于景，情景交融，表现出雨夜里诗人心中的一种闲愁。

五七

冷静的心，
　　在任何环境里，
　　　　都能建立了更深微的世界。

赏析　阅读这首诗要抓住"冷静"和"深微"两个词语。"冷静"是诗人所要达到的思考状态，而"深微"则是作者要探求的世界和生命的本质层面。诗人借这首诗表达了冷静能使人发现生活中不易被发现的细节，进而发现事物更为深刻和微妙的一面。冷静坦然地面对世界，不断自省，才能走向成功。

五八

不要羡慕小孩子，
　　他们的知识都在后头呢，
　　　　烦闷也已经隐隐的来了。

赏析　在诗歌中，诗人大都是赞美、羡慕着小孩的，而这里却说不要羡慕。矛盾的说法强烈地表达了诗人对所谓"长大成人"的无奈心情。诗人告诫我们，人生经历的过程是一样的，任何人都不必羡慕也不必抱怨。成长过程中不断有俗事缠身，要学会勇于承担责任。成长有烦恼，须好好珍惜童年的时光。

五九

谁信一个小"心"的呜咽。

颤动了世界？

然而它是灵魂海中的一滴。

赏析 诗人通过小大之辩,让人明白了一个人内心的小"呜咽",都会引起整个世界的颤动,然而从整个世界来看,这种痛苦又是微不足道的,都不会从根本上改变世界。所以,我们应该忘记自己那小小的痛苦,而去关注他人的痛苦。

六〇

轻云淡月的影里,

风吹树梢——

你要在那时创造你的人格。

赏析 这首诗通过描写景致烘托夜的静谧,诗人在静谧的夜里开始了灵魂的创作。"轻""淡"与"风吹树梢"表达的都是一种寂静沉稳之美,诗人提议在这个时候创造人格,实际上是对一种沉稳个性的赞美。

六一

风呵！

不要吹灭我手中的蜡烛,

我的家远在这黑暗长途的尽处。

赏析 诗中的"家"采用象征手法,它代表着理想的所在。诗人采用拟人手法,通过和风的对话,请求风不要吹灭手中的蜡烛,表现了她对理想之路的探求。同时也告诉我们实现理想困难重重,要付出艰辛努力。

繁星·春水

知识考点

这首诗中的"家"指的是什么?

_____

_____

六二

最沉默的一刹那顷,

　　是提笔之后,

　　下笔之前。

赏析　诗人借这首诗反映了创作中的沉默瞬间:提笔之后、下笔之前的沉思。写出诗人的创作感受,告诉我们创作要全神贯注,灵感对创作有重要作用。

六三

指点我罢,

　　我的朋友!

我是横海的燕子,

　　要寻觅隔水的窝巢。

赏析　这首诗描写了诗人迷惘的心态。此时的诗人二十岁左右,也是青年人的思想最活跃也最容易动摇的时期。因为总是憧憬未来,所以常常陷入对未来的迷惘惆怅之中。诗人运用比喻的修辞手法,把自己比喻成寻求栖息之地的"燕子",借此来表达自己对理想的探寻,同时反映诗人希望在实现理想的过程中,能够获得心灵上的指点。

六四

聪明人!

要提防的是:

忧郁时的文字,

　　愉快时的言语。

赏析　这是一首类似格言的诗。诗人借这首诗告诉人们,人在忧郁和开心时,最容易被情绪主导,聪明人应该拥有健康的精神状态,既不能被忧郁压倒,也不能被愉快冲昏头脑。控制情绪很重要。

六五

造物者呵!

谁能追踪你的笔意呢?

百千万幅图画,

　　每晚窗外的落日。

赏析　作者是个渴望走入自然的人,此诗用了倒装句,表述的是每晚窗外的落日所幻化的奇妙而美丽的图画。这首诗运用比喻和设问的修辞手法,把"大自然"比作"画家",将"万物"比作"图画",表现大自然的伟大,以及诗人对大自然的崇敬。

六六

深林里的黄昏,

　　是第一次么?

　　又好似是几时经历过。

赏析　诗人通过心理描写,借助自然的风物来表达人生的起落如同林中的黄昏一样,不会只有一次,一辈子的生命轨迹也如同在海浪上一样起伏跌宕,意在说明人生必定经历许多起落沉浮、颠簸辗转!这也是诗人对生命轨迹跌宕起伏的感慨。

繁星·春水

六七

渔娃！
可知道人羡慕你？
终身的生涯，
　　是在万顷柔波之上。

赏析　对诗人来说，海是永恒的心灵神话，经过岁月的淘洗，海已铭刻在诗人心中。本诗用儿童未受生活浸染的眼睛来看大海，大海在诗人眼里是多么温柔，是"万顷柔波"，在柔波上度过一生的渔娃，又是多么令人羡慕。这首诗透露出诗人对大海的喜爱与赞颂之情。

六八

诗人呵！
缄(jiān)默罢；
写不出来的，
　　是绝对的美。

赏析　缄默是闭口不说话。诗人借这首诗告诉我们：内心的情感有时是难以用语言去描述的，而那却是世间最美的感受。有些事物只可意会不可言传，所以诗人也会选择缄默。

六九

春天的早晨，
　　怎样的可爱呢！
融洽的风，
　　飘扬的衣袖，
　　　　静悄的心情。

赏析　这里运用了排比的修辞手法，"风""衣袖""心情"三个意象共同组成了可爱的春天的早晨，表达了诗人对大自然的赞美之情。

七〇

空中的鸟！

何必和笼里的同伴争噪呢？

你自有你的天地。

赏析 诗人借这首诗劝诫那些思想广博的人无须和短视的"笼中之鸟"争辩什么。思想广博的人的舞台应是更为广阔的天空。诗歌将鸟拟人化，通过对比表现了诗人向往自由、追寻更高理想的思想感情。

七一

这些事——

　是永不漫灭的回忆；

月明的园中，

　藤萝的叶下，

　　母亲的膝上。

赏析 诗人运用排比和三个意象，营造出一个和谐宁静的美妙情境，表达诗人对童年的怀念。母爱也是诗人诗作中永恒的主题，这首诗表达了诗人对于平凡而又伟大的母爱的赞颂。

七二

西山呵！

别了！

我不忍离开你，

　但我苦忆我的母亲。

赏析 诗歌以"山"写愁，采用了衬托的修辞手法，用"西山"来衬托诗人对母亲的无限眷恋。在全诗的前半部分，侧重于表现诗人对大自然的感受，后半部分侧重于表达自己对母亲的思念。"苦忆"表现了诗人对母亲深切的怀念。

繁星·春水

七三

　　无聊的文字，
　　　抛在炉里，
　　　　也化作无聊的火光。

赏析 诗人对文字是有着独特的珍爱与追求的，她借无聊的文字生出的是无聊的火光，表达了对没有思想的文字的厌恶与嫌弃之情。传达出诗人的创作观念：要表达真情实感，不要无病呻吟。

七四

　　婴儿，
　　　是伟大的诗人，
　　　　在不完全的言语中，
　　　　　吐出最完全的诗句。

赏析 婴儿最纯洁朴素，真实无遮掩，有自然之美；婴儿说不出完整的话，但却能真实地表达自己。所以诗中将"婴儿"比作"伟大的诗人"，表现了诗人对童真和童心的赞美。

知识考点

这首诗表达了诗人怎样的思想感情？

_____

_____

七五

父亲呵！

出来坐在月明里，

　我要听你说你的海。

赏析　诗人的父亲谢葆璋,是一位行伍出身的海军军官,也是一位舐犊情深的可爱的父亲,他对自己这唯一的爱女充满了柔情,给诗人讲了很多关于大海的故事。诗人在这首诗中,质朴亲切地表现出自己对父亲的崇敬和思念,以及对大海的热爱。

七六

月明之夜的梦呵！

远呢？

近呢？

但我们只这般不言语，

听——听

这微击心弦的声！

眼前光雾万重，

　柔波如醉呵！

沉——沉。

赏析　这是一首描写梦的小诗,诗中的梦生发在明月当空的深夜。诗中的两个句子很有特点,"听——听""沉——沉",让人如梦如幻,浮想联翩,借此勾画了一幅月夜之中柔波如醉的画面。表现诗人对自然和青春的感悟,以及独特的生命体验。

繁星·春水

七七

小盘石呵，

　　坚固些罢，

　　　准备着前后相催的波浪！

赏析　本诗托物言志，写盘石虽小，却很坚固，能抵挡住波浪的冲击。在这里，诗人呼吁青年们在困难面前要学会坚强，勇于面对人生中的"波浪"。

七八

真正的同情，

　　在忧愁的时候，

　　不在快乐的期间。

赏析　只有在忧愁中才能看出朋友对自己的关怀。正所谓"患难见真情"，诗人借此表达了对友情的理解。好好珍惜那些真正给予你关怀的人吧！

七九

早晨的波浪，

　　已经过去了；

晚来的潮水，

　　又是一般的声音。

赏析　诗人善于借用自然景物来表达感情。在这首诗中，诗人借着"波浪"与"潮水"，表达了对已经失去的东西和已经过去的事情不要再留恋，而应该将目光投向未来的哲理。

八〇

母亲呵！

我的头发，

披在你的膝上，

这就是你付与我的万缕柔丝。

赏析 "付与"一语双关，表面指自己的身体发肤都是母亲赐予的，实质指母亲无微不至的柔情，对自己的呵护。"万缕柔丝"除了指代诗人披在母亲膝上的发丝外，还代表着母女间千丝万缕的牵挂与思念。表达了女儿对母亲的爱戴与感恩之情。这首诗歌委婉含蓄，曲尽其妙。

八一

深夜！

请你容疲乏的我，

放下笔来，

和你有少时寂静的接触。

赏析 深夜是静谧的，深夜中诗人放下责任，在美丽的夜色中感受大自然的平静与祥和。诗人借这首诗表达了对静夜的赞美。

知识考点

你如何理解这首诗的情感？

_____

_____

繁星·春水

八二

这问题很难回答呵，

　我的朋友！

什么可以点缀了你的生活？

赏析　诗人借着这首诗表达了生活的意义在于不断地奋斗，不断地追求。诗中最后使用了问句，使诗人想表达的情感更强烈，也留下了无尽的遐想。

八三

小弟弟！

你恼我么？

灯影下，

　我只管以无稽的故事，

　　来骗取你，

绯红的笑颊，

　凝注的双眸(móu)。

赏析　这首诗让人感受到了浓浓的手足之情。读来让人倍感亲切的语言以及细节描写，诠释了诗人与小弟弟之间那不可言喻的深情厚谊，这些是诗人对童稚的渴望与对幸福的期许。

八四

寂寞呵！

多少心灵的舟，

　在你软光中浮泛。

赏析　诗人的内心常常处于寂寞的状态中，但诗人并不反感这种寂寞的状态，反而用柔和的"软光"来形容它，别具一格。告诉我们要享受寂寞的时光，多倾听心灵深处的声音。

八五

父亲呵！
　我愿意我的心，
　　像你的佩刀，
　　　这般的寒生秋水！

赏析　在冰心的成长中，她从父亲身上不仅感受到了柔情，更多的是大海般的胸怀、平和的心态以及一颗坚强的心。"寒生秋水"本是形容刀的寒意，而这把刀是"父亲"的佩刀，在这里指诗人希望像父亲那样变得坚强、刚毅，这也从侧面表达出诗人对父亲的敬畏和赞颂。

八六

月儿越近，
　影儿越浓，
　　生命也是这般的真实么？

赏析　诗人总能在日常的事物中感悟到生命的闪光。这首诗是那么的切入人心，生命就是这般的真实。"月儿越近"体现的是月的真实，"影儿越浓"彰显的是月的生命。诗人借助自然中月与影的关系，来反问生命的真实靠什么来体现，表达了对自然的敬畏与对生命的深思。

八七

知识的海中，
　神秘的礁石上，
　　处处闪烁着怀疑的灯光呢。
感谢你指示我，
　生命的舟难行的路！

赏析　总有一盏灯照亮人的心灵，在陌生的人海中，指引心灵的小身前往梦想的彼岸。诗人再一次借助自然，展开对生命的感悟，并指出只有对于知识抱着不断地批判和怀疑的态度，人类才能不断进步。

八八

冠冕？
　　是暂时的光辉，
　　　　是永久的束缚。

赏析　诗人以"冠冕"指代"荣誉"，荣誉永远代表过去。简洁的语言告诫人们：不要总是站在过去的成绩上沾沾自喜，只有忘记过去的荣誉，踏踏实实开始新的努力，才不会被过去的荣誉所束缚。

八九

花儿低低的对看花的人说：
"少顾念我罢，
　　我的朋友！
让我自己安静着，
　　开放着，
　　　你们的爱
　　是我的烦扰。"

赏析　诗人运用了拟人的修辞手法，花儿如同孩子，看花的人如同父母。"花儿"渴望被尊重，向往自由；"看花的人"应注意爱的方式，爱得不当反而会成为伤害。诗人认为一切应顺其自然，父母让孩子自己开花结果，或许会更好。

九〇

坐久了，
　　推窗看海罢！
将无边的感慨，

都付与天际微波。

赏析 诗人与海已经像老朋友一样,可以"将无边的感慨,都付与天际微波"。在这首诗中,诗人描写了一个日常生活中的细节,抒发出自己独特的情思,礼赞了海无边的包容性,同时表现出自己的坦然乐观。

九一

命运!
难道聪明也抵抗不了你?
生——死
都挟带着你的权威。

赏析 生与死是命中注定、谁也逃不脱的宿命,在死神面前聪明与愚蠢又有什么区别呢?字里行间透露出诗人对命运的思考和抗争,当面对生死或人生的起伏时,没有人能逃避对命运的思考和疑惑。

九二

朝露还串珠般呢!
去也——
　风冷衣单
　　何曾入到烦乱的心?
朦胧里数着晓星,
　怪驴儿太慢,
　　山道太长——
梦儿欺枉了我,
　母亲何曾病了?
归来也——
　辔儿缓了,
　　阳光正好,
　　　野花如笑;

繁星·春水

看朦胧晓色

隐着山门。

赏析 文白相间的语言，勾画出了一幅让人心中暖暖的游子归家图。诗人因梦到母亲生病，回去探望母亲，却嫌驴儿走得慢，嫌山道长；当发现母亲不曾病，只是自己的梦时，诗人感到归来的途中一切都是那样美好。诗人通过心理和环境描写，景中融情，表达了对母亲深深的牵挂。

九三

我的心呵！

是你驱使我呢，

还是我驱使你？

赏析 这首小诗极富哲理。诗人使用简短的词句对内心进行发问，实际上是对身与心的深度思考。真实地表现出诗人也有迷惘之时。

九四

我知道了，

时间呵！

你正一分一分的，

消磨我青年的光阴！

赏析 诗人将时间拟人化，写出了时间耗费人的青春与生命的残酷性。告诫年轻人要珍惜时光，珍惜生命，趁青春年少要有所作为。

九五

人从枝上折下花儿来，

供在瓶里——

到结果的时候，

却对着空枝叹息。

赏析　有的人为了自己的一时之快,而去残害自然,破坏自然规律。诗人通过折花枝这个简单的事例告诫人们:有得必有失,没有绝对的利益。我们看事做事要全面,不能图表面美观而丢了根本,应脚踏实地,否则一事无成。

九六

影儿落在水里,

　　句儿落在心里,

　　　都一般无痕迹。

赏析　"影儿""句儿"用语亲切,诗人在此处将"句儿"和"影儿"作了类比,并指出落在心中的句子像落在水中的影子一样没了痕迹。有什么话藏在心里,不向别人倾诉,别人就不会察觉。告诉人们要学会倾诉,学会将心里的想法告诉自己的朋友。

九七

是真的么?

人的心只是一个琴匣,

　　不住的唱着反复的音调!

赏析　诗人将"人心"比作"一个琴匣",比喻奇妙。"反复"让人的内心充满了无聊,这样的人生怎能精彩? 表达了诗人对单调生活的不满,对新生活的渴望和追求。诗人提醒人们要创造精彩的人生,而不应过重复单调的生活。

九八

青年人!

信你自己罢!

只有你自己是真实的,

　　也只有你能创造你自己。

▶ 繁星·春水

赏析 这首诗重在劝诫青年人要树立自信心。要相信自己,战胜自己,超越自己,不怕人生路上的艰难坎坷,不畏生活中的风霜雨雪。不要受到一点挫折就灰心丧气,不要经受一点委屈就意志消沉,不要遭到一点打击就萎靡不振。"只有你能创造你自己",意思是只有努力奋斗才能在世人面前展现出自己亮丽的风采,展现出一个全新的自我。

Z 知识考点

这首诗给了你怎样的启示?

_____

_____

九九

我们是生在海舟上的婴儿,
　不知道
　先从何处来,
　　要向何处去。

赏析 诗人的心情是迷惘的。她不知道自己的努力方向,不知道自己的奋斗目标。将自己比作漂泊"在海舟上的婴儿",比喻富有想象力。在生活之海中,在社会之海中,我们常常迷茫,不知何去何从。

一〇〇

夜半——
　宇宙的睡梦正浓呢!
独醒的我,
　可是梦中的人物?

赏析 对于自然,诗人总是以一种朋友的态度来对待。诗中运用拟人的修辞手法将宇宙拟人化,并发问:"我"是不是宇宙梦中的人物?富有张力的语言,透露出诗人对宇宙以及人生的思索。

一〇一

弟弟呵！
似乎我不应勉强着憨嬉的你，
　来平分我孤寂的时间。

赏析　"憨嬉"一词生动形象地描绘出弟弟的可爱情状，表明了诗人对弟弟的喜爱。弟弟在诗人的生命中是极为重要的，本诗透露出诗人不想通过勉强弟弟来打发自己孤寂的时光，不想因为自己沉闷的心情而破坏了弟弟的童真。表现了童年的弥足珍贵，表达了诗人对童真的歌颂。

一〇二

小小的花，
　也想抬起头来，
　　感谢春光的爱——
然而深厚的恩慈，
　反使她终于沉默。
母亲呵！
　你是那春光么？

赏析　"小小的花"象征孩子，也象征诗人自己；"春光"象征博大无边的母爱。母爱是伟大的，在母亲面前，自己任何感激的言辞都显得苍白无力。母爱主题贯穿诗人的整个诗集。她对母亲的至深至爱，尤其感人。诗歌抒发儿女对慈母的依恋之情，唱出对慈母的爱的赞歌。

一〇三

时间！
现在的我，
　太对不住你么？
然而我所抛撇的是暂时的，

繁星·春水

　　我所寻求的是永远的。

赏析　诗人运用了拟人的修辞手法来描述时间,并用疑问的语气表明了自己并未辜负时光。自己追求的不是短暂的事物,而是长远的理想。

一○四

　　窗外人说桂花开了,
　　　　总引起清绝的回忆;
　　一年一度,
　　　　中秋节的前三日。

赏析　诗人用"桂花"的意象表达了对亲人的思念。桂花的花期是中秋前夕,桂花开了意味着中秋节快要到了,诗人便想到了中秋月圆时本该团聚在一起的亲人。因此,连回忆也是"美妙至极"的。

一○五

　　灯呵!
　　感谢你忽然灭了:
　　在不思索的挥写里,
　　　　替我匀出了思索的时间。

赏析　灯熄灭了,应该说是不好的事,但诗人却感谢灯的熄灭,因为虽然不能写作了,却有时间让自己宁静地思索。诗人借此说明,任何事情都有其积极有利的一面,每个人都不要自怨自艾(yì),在困境中要积极乐观地去面对。同时,从另一个角度也说明了思索对于写作的重要性。

一○六

　　老年人对小孩子说:
　　"流泪罢,
　　　　叹息罢,

　　　　世界多么无味呵！"

小孩子笑着说：

"饶恕我，

　　先生！

我不会设想我所未经过的事。"

小孩子对老年人说：

"笑罢，

　　跳罢，

　　　　世界多么有趣呵！"

老年人叹着说：

"原谅我，

　　孩子！

我不忍回忆我所已经过的事。"

赏析　老人告诉小孩子世界是无味的，他既不期望未来，也不怀念过去，内心痛苦；小孩子告诉老人世界是有趣的，他对未来充满希望与向往。诗歌用对话的形式表达了两种不同年龄阶段的人对生活的态度。诗歌运用对比的修辞手法，巧妙地阐释了人生哲理。告诫我们不要耽于对过去的追悔和对明天的幻想，好好把握今天，才是正确的人生态度。

Z 知识考点

不符合这首诗的本意的选项是（　　）

A.诗中老人说"世界多么无味呵"，而小孩说"世界多么有趣呵"，是因为二者的世界观不同。

B.诗中的小孩不尊重老人，使得老人叹息、流泪。

C.诗人用了两组对立的意象的对话，在诗中探讨了生命过程的意义。

一〇七

我的朋友！
　珍重些罢，
　　不要把心灵中的珠儿，
　　　抛在难起波澜的大海里。

赏析　诗歌巧妙地运用比喻的修辞手法,"心灵中的珠儿"喻指自身的才华,而"难起波澜的大海"则喻指不适于施展才华之地。诗人在此劝诫年轻人,要选择合适的领域与方式施展自己的抱负,这样才能取得人生的成功。

一〇八

心是冷的，
　泪是热的；
心——凝固了世界，
　泪——温柔了世界。

赏析　诗人运用了对比的修辞手法,语句简短,意味深长。心"冷",多了份对人生的感叹,少了份对弱者的悲悯,使世界冻结凝固;泪"热",让我们感悟到人性中最美的部分:仁与爱,使世界变得温柔可亲,表现了诗人对生活的一片赤诚。

一〇九

漫天的思想，
　收合了来罢！
你的中心点，
你的结晶，
　要作我的南针。

赏析　诗人运用比喻和拟人的修辞手法,阐述思想是行动的指南,说明思想引导行动。我们要善于收合漫天的思想,寻找思想的中心,让

行动有方向。

一一○

青年人呵！
你要和老年人比起来，
　就知道你的烦闷，
　　是温柔的。

赏析　青年人不像老年人那样饱经沧桑，一回想往事，就难免心有余悸，痛苦不堪。青年人面对的每一天都是崭新的，没有生活的负担，没有家庭的拖累，不会有太大的生存危机。即使有一点点烦恼，比起老年人来，也是"温柔的"。这首诗劝勉青年人要树立正确的人生观和世界观。要正确对待困难和挫折，面对"烦闷"，不能回避，要从容豁达地去面对，勇敢乐观地去迎接。

一一一

太单调了么？
琴儿，
　我原谅你！
你的弦，
　本弹不出笛儿的声音。

赏析　诗人对生活的观察非常仔细，从日常生活中一个平常的现象往往能看出其中蕴藏的深刻哲理。琴是弹不出笛子的声音的，诗人以此来告诉人们：每个人、每种事物都有自身的独特之处。

知识考点

这首诗中蕴含着怎样的哲理？

繁星·春水

一一二

古人呵！
你已经欺哄了我，
　　不要引导我再欺哄后人。

赏析　五四运动时期是一个思想大解放的时期，高举科学与民主的大旗，反对蒙昧，反对封建主义，启发人的觉醒，各种新的思潮涌进来。本诗直白地指出古人的思想既有精华也有糟粕(zāo pò)，诗人以此诗表达了对于古人的思想应该批判地接受的观点。

一一三

父亲呵！
我怎样的爱你，
　　也怎样爱你的海。

赏析　诗人的父亲是一位海军军官，常年在海上生活，诗人以海来比喻父爱，表达了对父亲的崇敬以及对父爱的无限赞美。

一一四

"家"是什么，
　　我不知道；
但烦闷——忧愁，
　　都在此中融化消灭。

赏析　诗人用简洁的语言诠释了"家"的重大作用，指出家是温馨的港湾，一切烦恼和忧愁都会在家中消融。这个温暖和谐的家庭，也是诗人获得成就的重要源头。表达了诗人对"家"的赞颂。

一一五

笔在手里,

句在心里,

只是百无安顿处——

远远地却引起钟声!

赏析 这首诗是对诗人心中有千言万语,却无法下笔的创作状态的细致描写。无法安顿的诗句,却引起了远处的钟声,意味深长,发人深思。

一一六

海波不住的问着岩石,

岩石永久沉默着不曾回答;

然而它这沉默,

已经过百千万回的思索。

赏析 诗人运用拟人的修辞手法,赋予海波和岩石以生命。海波拍打着岩石,是在询问岩石;岩石永久的沉默却是在深深地思考,写出了岩石冷静、深沉的独特个性。表达了诗人对于沉默、思索和真理的理解。

一一七

小茅棚,

菊花的顶子——

在那里

要感出宇宙的独立!

赏析 诗人从小花的角度入手,写出了即使是一朵小花,也可以感悟到存在于宇宙中的独立性。告诉我们大自然里的万物都是独立的个体,我们都要尊重,不可轻视。

繁星·春水

一一八

故乡！
何堪遥望，
　　何时归去呢？
白发的祖父，
　　不在我们的园里了！

赏析　寥寥几句诗直抒胸臆，道出了诗人不知何时能够回到故乡的惆怅，并写出了对祖父已经不在的哀伤。全诗流露出诗人对故乡、对亲人的思念之情，令人动容。

一一九

谢谢你，
　　我的琴儿！
月明人静中，
　　为我颂赞了自然。

赏析　诗人将笔下的琴声拟人化，在月明人静中代替诗人赞颂自然。由琴声、明月所构筑的静谧画面，令人沉醉其中，表达了诗人对大自然的热爱、赞颂之情。

一二〇

母亲呵！
这零碎的篇儿，
　　你能看一看么？
这些字，
　　在没有我以前，
　　　已隐藏在你的心怀里。

赏析　诗人以独白的形式与母亲进行亲密的沟通，语言亲切自然，

并且指出自己抒怀的所有的诗篇,都传承自母亲,再一次表达了对母亲深深的热爱和赞美。

一二一

露珠,
　　宁可在深夜中,
　　　和寒花作伴——
　　却不容那灿烂的朝阳,
　　　给她丝毫暖意。

赏析　露珠诞生于黑夜,与寒花为伴,朝阳一照就会消失。诗人借着这首诗,道出了自然万物有着各自的生存规律,表达了对大自然的敬畏之心。同时,也表达了对像"露珠"一样不献媚讨好、不趋炎附势的人的赞颂之情。

一二二

我的朋友!
真理是什么,
　　感谢你指示我;
然而我的问题,
　　不容人来解答。

赏析　诗人开篇就提出疑问——"真理是什么",紧接着诗人指出,真理是不用言说的,因为它客观地存在着,表现出诗人对真理的认识和对真理的执着追寻。

知识考点

这首诗对你有怎样的启示?

_____

_____

繁星·春水

一二三

天上的玫瑰，

　　红到梦魂里；

天上的松枝，

　　青到梦魂里；

天上的文字，

　　却写不到梦魂里。

赏析　此诗想象瑰丽，诗人运用排比的修辞手法，写"玫瑰""松枝"都可以深入"梦魂"，但"天上的文字"却不能，告诉我们写作应该切合实际，不要浮夸和盲目拔高。

一二四

"缺憾"呵！

"完全"需要你，

　　在无数的你中，

　　　　衬托出它来。

赏析　诗人直接面对"缺憾"发出慨叹，说"完全"需要"缺憾"，表达了万物相对的道理，没有"缺憾"就无所谓"完全"，"完全"需要"缺憾"来衬托的思想。朴素的语言中蕴含着辩证统一的哲学观。

一二五

蜜蜂，

　　是能溶化的作家；

从百花里吸出不同的香汁来？

　　酿成它独创的甜蜜。

赏析　青年时期是学习智慧的最好时光，要像勤劳的蜜蜂那样，汲取多方面的知识。对无知的征服，是人生中最辉煌的胜利。本诗告诉我们既然蜜蜂能从百花的香汁中酿蜜,那么作家也可以从各种生活经历中寻求创作的源泉,创作出好的作品。

一二六

　　荡漾的,是小舟么?
　　青翠的,是岛山么?
　　蔚蓝的,是大海么?
　　我的朋友!
　　重来的我,
　　　何忍怀疑你,
　　　只因我屡次受了梦儿的欺枉。

赏析　诗的开头,连用三个问句构成排比,只因诗人太多次是在梦里看到大海,所以面对真实的大海时,便发出了如此多的疑问。将大海唤作"朋友",且说"受了梦儿的欺枉",运用拟人的修辞手法,表达了诗人对大海的思念与赞叹。

一二七

　　流星,
　　　飞走天空,
　　　可能有一秒时的凝望?
　　然而这一瞥的光明,
　　　已长久遗留在人的心怀里。

赏析　流星的生命也许只有一秒,而它却用这短暂的生命给黑暗中的人们带来了光明,而那"一瞥的光明"是要"长久遗留在人的心怀里"的。诗人借助流星告诉大家,一刹那的光明虽然短暂,但却可贵,启发人们,要立足现实,努力奋斗,只有那样,生命才会有价值。

繁星·春水

一二八

澎湃的海涛，
　　沉黑的山影——
　　夜已深了，
　　　不出去罢。
看呵！
　一星灯火里，
　　军人的父亲，
　　　独立在旗台上。

赏析　父亲在诗人的心中占有很重要的地位。天气如此恶劣，可身为军人的父亲却依然坚守岗位，如巨人般屹(yì)立着，守护自己的家园，令人敬畏。在这首诗中，诗人用饱蘸(zhàn)深情的笔触描绘了海边灯火的映照下，父亲高大、刚毅的形象。

知识考点

诗中描绘了怎样的图景？诗人想表达怎样的思想感情？

_____
_____

一二九

倘若世间没有风和雨，
　这枝上繁花，
　　又归何处？
　只惹得人心生烦厌。

赏析　诗人借着这首诗再次对自然发出赞美，并盛赞了自然规律的伟大之处。诗本意上说的是风雨对繁花来说具有不一般的意义；现实意义是说世间万物的存在都是有意义、有价值的，人也是如此，都在不同的

岗位上做着不相同的事,发挥着自己的价值。万物是平等的,人也是平等的。

一三〇

希望那无希望的事实,
　　解答那难解答的问题,
　　　　便是青年的自杀!

赏析　诗人以简洁的语言告诉广大青年朋友,不切实际的希望所引发的绝望,不自量力去做自己无法完成的事,是引起青年自我毁灭的原因。诗人告诫青年朋友要看清世界,看清自己,珍爱生命。

一三一

大海呵,
　　哪一颗星没有光?
　　哪一朵花没有香?
　　哪一次我的思潮里
　　　　没有你波涛的清响?

赏析　诗中描写的是诗人童年回忆中的大海,是童年印象在诗人心灵中的回响,从诗中你能感受到大海的潮汐声在儿童听觉中格外清越和鲜明。"一颗""一朵""一次",数量词的选用准确传神。诗人在口语化的诗句中,形成了自然、朴素的风格,在三言两语间抒发了热爱大海的情怀。

Z 知识考点

对这首诗分析不正确的选项是(　　)

A.这首诗写的是诗人对大海的感受,是对大海的颂歌。

B.诗人由波澜壮阔的大海想到了浩瀚的宇宙,想到了繁华的世界,想到了自己的胸怀,想到了人类的博大和宽广。

C.这首诗运用排比和连续的反问,加强了抒情的效果。

D.这首诗格调清新自然,语言凝练含蓄,意境深远绵长。

繁星·春水

一三二

我的心呵！
你昨天告诉我，
　　世界是欢乐的；
今天又告诉我，
　　世界是失望的；
明天的言语，
　　又是什么？
教我如何相信你！

赏析　诗人非常关注年轻人，她在此诗中表达了"昨日世界是欢乐的，今天世界是失望的，未来世界是未知的"的感想。人活着总有开心和烦闷的时候，万事万物终有时，要顺其自然且坦然面对。

一三三

我的朋友！
未免太忧愁了么？
"死"的泉水，
　　是笔尖下最后的一滴。

赏析　这是诗人在劝告她的朋友要从容地面对死亡。其实死亡并不可怕，只不过是一个故事的结局而已，有什么要悲伤的呢？

一三四

怎能忘却？
夏之夜，
　　明月下，
幽栏独倚。
粉红的莲花，

深绿的荷盖，

　　缟(gǎo)白的衣裳！

赏析　诗中描绘了一幅美妙的夏夜观荷图，夜晚微风拂面，诗人身着白纱衣，独自静静地欣赏大自然的杰作——"粉红的莲花，深绿的荷盖"，这些美好的景色怎能让人忘却？在诗人笔下，人面、莲花、荷盖、衣裳和明月都成了美的化身。表达出诗人对大自然的喜爱和赞颂。

一三五

我的朋友！

你曾登过高山么？

你曾临过大海么？

在那里，

　　是否只有寂寥？

　　只有"自然"无语？

你的心中

　　是欢愉还是凄楚？

赏析　登高山，临大海，场面何其壮观，这时的感受就全凭你的心情。心静了，你原本觉得很无聊的事物，也能感受到它的独特之处。在诗人的心目中，自然景物常常能与人间的情感水乳交融，人们能够在与自然的交流中，宣泄自己的欢愉和凄楚。

一三六

风雨后——

　　花儿的芬芳过去了，

　　花儿的颜色过去了，

果儿沉默的在枝上悬着。

花的价值，

　　要因着果儿而定了！

▶ 繁星·春水

赏析 花开有时尽，而留下的果实才是它价值的体现。花的价值因它的果实而定，人生的价值也是由他对于社会的贡献而定。朴素的诗句传达出永恒的真理。诗人告诫我们：生命的价值正是那经历风雨后，沉淀下来的"果实"。

一三七

聪明人！
抛弃你手里幻想的花罢！
她只是虚无缥缈的，
　　反分却你眼底春光。

赏析 诗人希望人们不要停留在虚无的幻想中，应该脚踏实地，丢掉幻想，勇敢地面对现实，在现实中求得进步。

Z 知识考点

这首诗对你有什么启示？

_____

_____

一三八

夏之夜，
　　凉风起了！
　　　襟上兰花气息，
　　　绕到梦魂深处。

赏析 风吹起了兰花气息，朦朦胧胧，若隐若现，使梦魂深处的"我"也闻到了兰花的气息。"绕"字富有动感，将现实和梦境交融，营造意境之美。此诗也表达了诗人对大自然的热爱之情。

一三九

虽然为着影儿相印：
我的朋友！
　你宁可对模糊的镜子，
　不要照澄澈的深潭，
　　她是属于自然的！

赏析　这首诗表达了诗人对自然的敬畏之心。她认为，自然的东西充满了神圣，不要轻易地触碰，即使是自己的影子，也会打破自然的安宁。

一四〇

小小的命运，
　每日的转移青年；
命运是觉得有趣了，
　然而青年多么可怜呵！

赏析　命运是无常的，然而任其发展、听天由命的人，往往都会一事无成。诗中描绘了无助的青年被命运所"折磨""玩弄"的情状，表达了诗人对青年的深切同情，告诉他们要做自己命运的主宰。

一四一

思想，
　只容心中游漾。
刚拿起笔来，
　神趣便飞去了。

赏析　诗人又一次谈到了创作，思想的深度是无法轻易用文字和语言来表现的。用"游漾""飞"两个动词来形容"思想"和"神趣"，巧妙写出思想在心中，只可意会不可言传的感觉。

繁星·春水

一四二

一夜——
　　听窗外风声。
　　　　可知道寄身山巅？
　　烛影摇摇，
　　　　影儿怎的这般清冷？
　　似这般山河如墨，
　　　　只是无眠——

赏析　诗人置身山巅，看着烛影下摇曳的影子，听着窗外呼呼的风声，没有丝毫睡意。全诗情景交融，衬托出了诗人孤寂的心情。

一四三

　　心潮向后涌着，
　　　　时间向前走着；
　　青年的烦闷，
　　　　便在这交流的旋涡里。

赏析　时间的飞逝，让思想都跟不上脚步。青年若没有进取的心，任时光流逝而无所作为，便会感到苦闷。诗人一直关注青年们的成长，并理解他们的烦闷。在这首诗中，诗人指出青年的烦闷产生于理想与现实的巨大差距。

知识考点

这首诗中"青年的烦闷"指的是什么？

一四四

阶边,
　　花底,
　　　微风吹着发儿,
　　　　是冷也何曾冷!
这古院——
　　这黄昏——
　　　这丝丝诗意——
　　　　绕住了斜阳和我。

赏析　这是一首用现代诗歌形式表现传统意境的小诗。"黄昏""古院""花底"从高到低产生了一种层次感,同时又表现了一种静态的美。"斜阳"和"我"呈现的是动态的美。动静结合,很清冷的场景,对诗人而言却有着丝丝诗意,表现出诗人对自然的热爱。

一四五

心弦呵!
弹起来罢——
　　让记忆的女神,
　　　和着你调儿跳舞。

赏析　诗歌表达的是诗人回忆往事,心潮起伏的内心感受。把心弦比喻成琴,琴音有快乐、忧伤,所以回忆中也有快乐、忧伤。诗人借此道出了心灵的跳动与美好的记忆,也能营造生活的美好。

一四六

文字,
　　开了矫情的水闸;
听同情的泉水,

繁星·春水

深深地交流。

赏析 文字是把钥匙,能打开水闸,能转开门锁,更能打动人心。文字是神奇的,短短的一行字也能让人泪如雨下,触动心弦……"矫情"一词很生动,将文字人格化,赋予了人的情感。诗人以此表达了由文字的沟通所产生的心与心交流的效果。

一四七

将来,
　　明媚的湖光里,
　　　　可有个矗立的碑?
　　怎敢这般沉默着——想。

赏析 诗中采用了对比的修辞手法,以明媚的湖光和阴沉的墓碑形成鲜明对比,营造出一种奇异的效果。

一四八

只这一枝笔儿:
　　拿得起,
　　　　放得下,
　　　　　　便是无限的自然!

赏析 诗人在诗中谈到了创作的最高境界——"无限的自然"。老子言"道法自然",在创作中,也就是"拿得起,放得下",顺其自然,不强求。正是因为有这样的创作理念,诗人的小诗才会如此清新出众,让人难忘。

一四九

无月的中秋夜,
　　是怎样的耐人寻味呢!
　　隔着层云,

隐着清光。

赏析　无月的中秋夜,朦胧,耐人寻味,让人回味无穷。中秋没有月亮,通常会让人烦闷,但诗人却能有不同的感受——云层后面隐着清光,从而让中秋之夜有了别样的美感。

一五〇

独坐——

山下泾云起了。

　　更隔院断续的清磬(qìng)[古代打击乐器,形状像曲尺,用玉或石制成]。

这样黄昏,

　　这般微雨,

　　　　只做就些儿惆怅!

赏析　一个"独"字,让我们感受到诗人孤寂的心境。看到夕幕里飘若不动的云,听到远处那断断续续的钟磬声,感受到了诗人难以言状的淡淡的惆怅,而"黄昏""微雨"更增添了这种惆怅感。

一五一

智慧的女儿!

　　向前迎住罢,

"烦闷"来了,

　　要败坏你永久的工程。

赏析　"烦闷"指不好的、不积极的情绪。诗人采用拟人手法,形象地写出了"智慧"遭遇"烦闷",会让"智慧"失去神采,从而不再"智慧"。诗人告诉人们要带着信念和理想去迎接挑战,不要被消极情绪所影响,否则人生就毁于一旦了。

一五二

我的朋友!
不要任凭文字困苦你;
文字是人做的,
　人不是文字做的!

赏析　诗人用简短的诗句,揭示了深刻的道理:文字是传情达意的工具,但思想不要被文字所束缚,这样才会超越文字的限制,创造更多的精彩。

一五三

是怜爱,
　是温柔,
　　是忧愁——
这仰天的慈像,
　融化了我冻结的心泉。

赏析　这首诗表达了诗人对自然、对母爱的赞颂。诗人采用了排比和比喻的修辞手法,写出了慈像的"怜爱""温柔""忧愁"滋润了"我"的心田,语言生动形象。

一五四

总怕听天外的翅声——
　小小的鸟呵!
羽翼长成,
　你要飞向何处?

赏析　孩子总有一天会长大的,即使再想依赖父母,也必须离开父母去闯出自己的一片天地,就如鸟儿羽翼丰满,就意味着要离开母亲一样,这种心情是矛盾的。诗人借此表达了对母亲的眷恋之情。

知识考点

这首诗中的"小鸟"指的是什么?

_____

_____

一五五

白的花胜似绿的叶,

　　浓的酒不如淡的茶。

赏析　诗人写白花好过绿叶,浓酒不如淡茶,体现出诗人静雅平和的心态,白花、淡茶体现了她的审美取向,表现了诗人对淡泊生活的赞美。

一五六

清晓的江头,

　　白雾濛濛,

　　是江南天气,

　　雨儿来了——

　　　我只知道有蔚蓝的海,

　　　却原来还有碧绿的江,

　　　这是我父母之乡!

赏析　"清晓""濛濛"等形容词的使用极为生动,从"白雾"到"雨儿来了",写出了天气的变化。作者看到"碧绿的江"想到的是家乡"蔚蓝的海",表达了诗人对家乡和大自然的热爱。

繁星·春水

一五七

因着世人的临照，

　　只可以拂拭镜上的尘埃，

　　　　却不能增加月儿的光亮。

赏析　光亮并非靠拂拭镜面的灰尘而增加的，寥寥数语从一个平凡的自然现象引出一个深刻的道理：人要注重自身的修养，而不要只靠外在的修饰。

一五八

我的朋友！

雪花飞了，

　　我要写你心里的诗。

赏析　雪花飞了，作者融景生情，想到了远方的朋友，便用诗句表达对朋友的思念，细腻的情思让人感动。

一五九

母亲呵！

天上的风雨来了，

　　鸟儿躲到它的巢里；

心中的风雨来了，

　　我只躲到你的怀里。

赏析　诗人由物及人，由自然界的风雨联想到心中的愁绪，采用类比手法，将鸟儿类比人类，由飞鸟归巢联想到自己心灵的归宿。风雨来了，鸟儿回巢；人们忧伤时，遭受失败、挫折时，首先想到的是投向母亲的怀抱，得到母亲的庇护。赞扬了最崇高、最无私的母爱。表达了诗人对母亲由衷的感激之情。联系自然，读来委婉柔和。

Z 知识考点

1.诗中两处"风雨",各指什么?

_____

_____

2.作者还有另一首小诗:"母亲啊/你是荷叶/我是红莲/心中的雨点来了/除了你/谁是我在无遮拦天空下的荫蔽?"

请指出这两首诗共同的情感并简析其特色。

_____

_____

一六〇

聪明人!
文字是空洞的,
　言语是虚伪的;
你要引导你的朋友,
　只在你
　　自然流露的行为上!

赏析　诗人在这首诗中认为文字、语言与实际的行动相比起来是苍白空洞的,因此对人具有引导作用的并非文字、语言,而是实际行动。朋友间的友谊是建立在行动的互助上,而不是言语上。

一六一

大海的水,
　是不能温热的;
孤傲的心,
　是不能软化的。

赏析　诗人采用类比手法,用"大海的水"类比"孤傲的心","大海的水"因博大而不能温热,而"孤傲的心"因坚定而不容易动摇。诗人告诉我们做人要有傲骨,要有刚正的品格。

一六二

青松枝,
  红灯彩,
    和那柔曼的歌声——
小弟弟!
感谢你付与我,
  寂静里的光明。

赏析 前几句通过环境描写,展现了诗人和小弟弟在一起的温馨画面。通过对颜色和声音的描写表现出与小弟弟相处情景的美好,写出小弟弟带给诗人的快乐,表达了诗人对小弟弟的爱。

一六三

片片的云影,
  也似零碎的思想么?
然而难将记忆的本儿,
  将它写起。

赏析 仰望天空,看到片片云影,诗人试图将它比作"零碎的思想"。但思想可以通过"记忆的本儿"回忆起来,而云影却无法被记录。这首小诗是诗人看到"云影"后的一种思考,体现了她对大自然的思考与感悟。

一六四

我的朋友!
别了,
  我把最后一页,
    留与你们!

赏析 诗人要将"最后一页"留给我们,那么,我们该怎样用文字抒写自己的情感与感悟呢?这是《繁星》诗集的最后一篇,此处是诗人与读者间的交流,表达了对青年的美好期望,希望他们用自己的笔书写出人生的宏伟篇章。

(原载 1922 年 1 月 1 日—26 日《晨报副镌》)

春 水
CHUNSHUI

自　序

"母亲呵！
这零碎的篇儿，
　你能看一看么？
这些字，
　在没有我以前，
　已隐藏在你的心怀里。"

——录《繁星》一二〇

冰　心

一九二二年十一月二十一日

繁星·春水

M 名师导读

《春水》是《繁星》的姐妹篇,由182首小诗组成。在《春水》里,冰心虽然仍旧在歌颂母爱,歌颂亲情,歌颂童心,歌颂大自然,但是,她却用了更多的篇幅,来含蓄地表述她本人和她那一代青年知识分子的烦恼和苦闷。她用微带着忧愁的温柔的笔调,述说着心中的感受,同时也在探索着生命的意义,表达着对认知世界本相的渴望与追求。

一

春水!
又是一年了,
还这般的微微吹动。
可以再照一个影儿么?

春水温静的答谢我说:
"我的朋友!
我从来未曾留下一个影子,
不但对你是如此。"

赏析 这首诗运用拟人的修辞手法,用对话的方式写诗人与春水的交流,生动形象地写出了诗人对时光流逝的感叹和对大自然美景的赞颂。告诉人们应当珍惜时间,积极向上,有所作为。

Z 知识考点

1.这首诗主要运用了什么表现手法?有什么作用?

_____

_____

2.诗中第一节描绘了一幅怎样的画面?

_____

_____

3.这首诗主要写了什么内容?

_____

_____

二

四时缓缓的过去——
百花互相耳语说:
"我们都只是弱者!
甜香的梦
　　轮流着做罢,
憔悴的杯
　　也轮流着饮罢,
上帝原是这样安排的呵!"

赏析 四季顺时而过,百花应时而开,自然界有自己的规律。万物有所生,必有所灭,生命是轮回的,你无法抵抗,在自然面前,每个人都是弱者。诗人以花喻人,在大自然面前,百花虽是弱者,也有美梦,人亦是如此。诗歌表达了诗人对自然的敬畏和赞美之情,告诉人们要遵从自然规律,爱护自然。

三

青年人!
你不能像风般飞扬,
　　便应当像山般静止。
浮云似的
　　无力的生涯,

繁星·春水

只做了诗人的资料呵!

赏析 诗人以风儿飞扬、云儿飘浮和高山静止巧妙设喻,进行对比,告诉青年人在思想上若不能像风一样自由和灵动,就应当像山一样沉稳向上,有所作为。正如诸葛亮《诫子书》中所言:"静以修身,俭以养德。非淡泊无以明志,非宁静无以致远。夫学须静也,才须学也。"可见神静气定、戒除浮躁,对于我们修身养性是十分重要的。

知识考点

1.诗中的浮云象征_____。

2.下面对本诗理解错误的选项是(　　)

A.诗中告诉年轻人要像山一样静止而不是像风一样飞扬。

B.诗中的"不能"和"应当"表明了诗人的态度和希望。

C.这首诗讲的是关于人生道路选择的问题。

四

芦荻,

　　只伴着这黄波浪么?

　　趁风儿吹到江南去罢!

赏析 诗人眼中的芦荻漫天飞舞,随风飘荡,由此联想到自己,借芦荻描写自己的内心情感,表达了诗人对江南的向往和对家乡的思念之情。

五

一道小河

　　平平荡荡的流将下去,

　　只经过平沙万里——

　　　自由的,

　　　　沉寂的,

　　它没有快乐的声音。

一道小河
　　曲曲折折的流将下去，
只经过高山深谷——
　　险阻的，
　　　挫折的，
它也没有快乐的声音。

我的朋友！
感谢你解答了
　　我久闷的问题，
平荡而曲折的水流里，
　　青年的快乐
　　　　在其中荡漾着了！

赏析　诗人以小河流水阐释哲理，流过平沙万里的小河不快乐，流过高山深谷的小河也不快乐，它们只有在平荡而曲折的水流里才能感受到快乐，说明单调平淡、一成不变的生活是沉寂的，没有激情的。诗人借此告诉青年人成长的道路有平荡有曲折，要奋发向上，享受这种快乐的同时努力有所作为。

六

诗人！
不要委屈了自然罢，
　　"美"的图画，
　　　要淡淡的描呵！

赏析　自然之美，要借诗人之手来描绘，自然的美丽也要慢慢地欣赏，切不可走马观花，这样才能体悟自然美的真谛。诗歌表达了诗人纯真质朴的创作观，以及对自然之美的赞颂。

繁星·春水

七

一步一步的扶走——
　半隐的青紫的山峰
　　怎的这般高远呢？

赏析　"一步一步的扶走"，体现了山路之难行。这首诗运用比喻的修辞手法，写出理想的高远。通过描写和反问写出山路难行，表达了诗人在理想之路上探求的艰辛。

八

月呵！
　什么做成了你的尊严呢？
　深远的天空里，
　　只有你独往独来了。

赏析　诗人以明月自比，给读者呈现一个孤高、纯洁、庄严的形象。自古以来，古代诗人常以明月作比，借形象抒发情怀。而本诗中的这几句，似有更丰富的内涵。明月虽是高处不胜寒，但唯有孤独才成全了她的自尊，诗人和明月一样，是注定要与孤独为伴的。

九

倘若我能以达到，
　上帝呵！
何处是你心的尽头，
　可能容我知道？
远了！
　远了！
　　我真是太微小了呵！

赏析　诗人在这里借向上帝祷告，表达了对大自然的向往，对理想的追逐。一问一思考,写出对大自然的赞颂和敬畏,告诉人们:人类在自然面前永远是渺小无知的,要不断探索。

一〇

忽然了解是一夜的正中,

白日的心情呵!

不要侵到这境界里来罢。

赏析 诗人以直白的语言表达了独特的情思:夜的宁静赶走了白天的烦恼,白日里俗物引起的烦忧不要打扰夜的宁静安逸。诗人喜欢夜里的宁静胜于白天的喧嚣(xiāo),因为夜是诗人思考、享受创作的最好时光。

一一

南风吹了,

将春的微笑

从水国里带来了!

赏析 这首小诗抒写了诗人经过严冬之后,迎来新春的愉悦心境。融情入景,诗人将自己的感情融进这"水国"里,表现诗人对江南、对家乡的思念之情和对自然的赞美。

一二

弦声近了,

瞽(gǔ)目者[眼睛瞎的人,这里借指算命的人]来了,

弦声远了,

无知的人的命运

也跟了去么?

赏析 诗人借此表达了无知的人是无法把握自己命运的,并借算命现象告诫我们:活着就要把握自己的命运,确立目标,有意识地奋起,不断地追求。

繁星·春水

一三

白莲花!

清洁拘束了你了——

但也何妨让同在水里的红莲

来参礼呢?

赏析 圣洁的白莲花不应孤芳自赏,排斥他人。诗人以物喻人,告诫那些孤芳自赏的人,千万不要把自己孤立起来,做人要谦虚包容,懂得和谐共处。

一四

自然唤着说:

"将你的笔尖儿

浸在我的海里罢!

人类的心怀太枯燥了。"

赏析 深入自然,感受自然,只有在与自然的和谐相处中净化心灵,才能创作出好的作品。诗人运用拟人的修辞手法,告诉人们自然才是人类创作的源泉,人类的情怀都来源于自然。

知识考点

这首诗表达了诗人怎样的情怀?

_____

_____

一五

沉默里，

　　充满了胜利者的凯歌！

赏析　诗人借着短短的十二个字，表达了沉默对于青年人的重要性，认为沉默比喧哗张扬更有力度。人在实现理想的过程中往往要甘于寂寞，努力进取才有所收获。要"不为世俗累，一心向前行"。

一六

心呵！

　　什么时候值得烦乱呢？

　　为着宇宙，

　　为着众生。

赏析　诗人以直白的语言告诫青年们，不要去为那生活的琐事忧愁，真正要关注的应该是国家和民族的命运。有志青年应该树立远大理想，心怀天下。

一七

红墙衰草上的夕阳呵！

快些落下去罢，

　　你使许多的青年人颓老了！

赏析　这首诗写景抒情，作者用"衰草""夕阳"象征没落腐朽的文化、安逸闲散的思想等。诗人认为这会让青年人失去斗志。诗人也借这首诗表达对时光流逝的感慨，告诉青年人要珍惜时间，不要贪图安逸，而应该充满激情地去奋斗。

繁星·春水

一八

冰雪里的梅花呵！
　你占了春先了。
　看遍地的小花
　　随着你零星开放。

赏析　这是一幅初春风景图，诗中的梅花带有强烈的象征色彩，可以理解成先知，而大众则紧紧跟随着先知者的脚步。全诗以物喻人，通过赞美梅花，赞美独立高尚的人格、顽强的意志和蓬勃的生命，也号召青年人树立理想，披荆斩棘，敢为天下先。

知识考点

这首诗中"冰雪里的梅花"象征什么？

_____

_____

一九

诗人！
　笔下珍重罢！
　众生的烦闷
　　要你来慰安呢。

赏析　诗中表达了诗人的笔不光是抒发自身感悟的，更重要的是体恤(xù)众生的情感。创作要饱含爱意，安慰众生，文学更要反映现实，为众生服务。

二〇

山头独立,

宇宙只一人占有了么?

赏析 即使一个人站得再高,哪怕是独立在最高的山头,宇宙也不可能被一个人所占有。因为众人是平等的,不会因为每个人所在位置的不同而存在差异。这是诗人一种平等博爱的精神,是爱的哲学的精华。

二一

只能提着壶儿

看她憔悴——

同情的水

从何灌溉呢?

她原是栏内的花呵!

赏析 诗中采用了拟人的修辞手法,将花儿拟人化,将它的枯萎形容成是它的憔悴。诗中也表达了诗人对于枯萎的花儿的惋惜之情。同时也是诗人的自省,表现了诗人对自然的关爱和对生命消逝的无奈。

二二

先驱者!

你要为众生开辟前途呵,

束紧了你的心带罢!

赏析 在这首诗中,诗人以理性的笔触为先驱者们呐喊助威。诗人从小就从当海军的父亲身上受到了爱国思想的熏陶,常为祖国前途忧心如焚。这首诗表达了诗人对先驱者的赞颂,号召青年人树立理想,努力奋斗。

繁星·春水

二三

平凡的池水——

临照了夕阳，

便成金海！

赏析 诗歌借景说理，平凡的池水在这里已经成为不凡的金海，因为它接受了夕阳的照耀。这是诗人在告诉我们事物间是相互影响的，平凡中孕育着伟大，每个人都有不平凡的一面，只要机会合适，必将绽放光彩。

二四

小岛呵！

何处显出你的挺拔呢？

无数的山峰

沉沦在海底了。

赏析 "挺拔"与"沉沦"是相对的，小岛原本是沉海的山峰。诗人借此赞颂了大自然的奇妙，同时也表达了任何的渺小也许只是表面，任何的伟大也有沉沦的时刻。我们要正确认识自我，树立自信，不可妄自菲薄。

Z 知识考点

这首诗蕴含了什么哲理？

_____

_____

二五

吹就雪花朵朵——

朔风也是温柔的呵！

赏析 朔风，即北风。在这首诗里，诗人笔下的朔风也幻化出了温情。表现出诗人对自然的赞美，告诉我们要辩证思考才能发现事物的美好。

二六

我只是一个弱者！

光明的十字架

容我背上罢，

我要抛弃了性天里

暗淡的星辰！

赏析 "性天里"指本性里与生俱来的性格特点。这首诗表达了诗人要引导青年人争取思想上的自由和解放天性的决心。同时告诉我们要不断自省，改正错误或缺点，追求光明和理想，力求完美。

二七

大风起了！

秋虫的鸣声都息了！

赏析 运用白描手法写秋风带来了秋的消息。诗人没有写秋天的景色，而是从声音的角度来写秋虫的沉默，角度十分独特。整首诗表达了诗人对自然的赞颂，对生命消逝的无奈，对时光流逝的感慨。

二八

影儿欺哄了众生了，

天以外——

月儿何曾圆缺？

繁星·春水

赏析 这首小诗富含哲理,人们一直盛赞的有着阴晴圆缺的月儿,诗人却一语中的指出那只是影子的欺骗罢了。自然有其规律,我们要透过现象看本质。

二九

一般的碧绿,
　　只多些温柔。
西湖呵,
　　你是海的小妹妹么?

赏析 西湖像大海一样碧绿,只是比大海多了些温柔,诗人因为热爱大海所以喜爱西湖。"你是海的小妹妹么"运用了拟人的修辞手法,充满童趣,想象神奇,表现出诗人对西湖的喜爱之情。

三〇

天高了,
　　星辰落了。
　　晓风又与睡人为难了!

赏析 这首诗运用白描手法借景抒情,天高星稀,拂晓之际,晨风把睡梦中的人叫醒了。诗人用拟人的修辞表现此场景,语言生动有趣。

三一

诗人!
　　自然命令着你呢,
　　　　静下心潮
　　　　　　听它呼唤!

赏析 这首诗采用了拟人的修辞手法,让"自然"发出了命令,表达了诗人对自然的赞美。诗人认为诗作应该以自然为根本,以自然的朴素和真诚进行文学创作,抒发真情,反映大众生活,才能写出精品。

三二

渔舟归来了,

　　看江上点点的红灯呵!

赏析　这首诗白描写景。诗人笔下的渔船返航时,江面上闪烁的红灯也成为一道亮丽的风景。表达了诗人对自然美景的感叹,体现"爱的哲学",爱世间的一切。

三三

墙角的花!

　　你孤芳自赏时,

　　　　天地便小了。

赏析　诗的哲理通过贴切的形象恰当地表现出来。"墙角的花"便是这首诗借以抒怀的形象。诗人用"墙角的花"来形容孤芳自赏者,准确生动,形神兼备,生长在墙角的花,由于不能充分地得到阳光的沐浴和雨水的滋润,因而缺乏蓬勃的生命活力,花朵开得枯黄瘦小。"天地便小了",意在告诫人们为人处世应当谦虚,切勿骄傲。生命之花,总是在谦逊的心境中绚烂开放;一旦陷入孤芳自赏之中,就会枯萎凋谢。

Z 知识考点

1."孤芳自赏"的意思是_____。

2.这首诗的构思十分独特,讲的是_____在与_____倾心絮语,劝勉青年人_____,否则"_____"。

3.这首诗以花喻人,寓理于物,带给我们什么启迪?

_____

_____

繁星·春水

三四

青年人!
　从白茫茫的地上
　　找出同情来罢。

赏析　这是一首告诫青年人如何待人处事的抒情诗。诗人要青年人"从白茫茫的地上找出同情来",就是要青年人对他人充满关爱,对社会充满爱心。罗曼·罗兰说:"爱是生命的火焰,没有它,一切将变成黑暗。"可见同情和关爱对自己、对他人、对社会是多么重要。

三五

嫩绿的叶儿
　也似诗情么?
　　颜色一番一番的浓了。

赏析　在诗人看来,嫩绿的树叶也充满了诗情画意。其实不是绿叶有诗情,而是诗人内心充满了激情,师法自然,赞美自然。

三六

老年人的"过去",
　青年人的"将来",
　　在沉思里
　　　都是一样呵!

赏析　这首诗充满哲理,对比中明确生命过程的循环,告诫年轻人要惜时如金,不要虚度年华,要树立理想,努力进取,使生命更有意义。

三七

太空!
　揭开你的星网,

容我瞻仰你光明的脸罢。

赏析　太空的浩渺与神秘,勾起了人无尽的遐想;而星星编织的网,就如同神秘的面纱,让诗人发出"容我瞻仰你光明的脸"的奇想。表现出诗人对生命的体验,对探求自然奥妙的渴望。

三八

秋深了!
　　树叶儿穿上红衣了!

赏析　诗人运用拟人的修辞手法,深秋让树叶"穿"上了红衣,写出了景物的季节变化,突出了秋天的美,表达诗人对自然的赞颂之情。

三九

水向东流,
　　月向西落——
诗人,
你的心情
　　能将她们牵住了么?

赏析　"水向东流,月向西落"是自然使然,非外力所能改变。诗人所能做的就是顺应自然规律,从自然中汲取营养、灵感,自然而然地抒发自己的情感。流水与时间,诗人又如何能挽留得住呢?只能好好珍惜。诗人在此发出时光易逝的感叹。

四〇

黄昏——深夜
槐花下的狂风,
　　藤萝上的蜜雨,
可能容我暂止你?
病的弟弟

繁星·春水

刚刚睡浓了呵!

赏析　诗人生怕窗外的狂风蜜雨惊扰了病中沉睡的弟弟。诗歌以奇特的想象,想暂时停止狂风蜜雨,表达了诗人对病中的弟弟浓浓的关爱之情。

四一

小松树,
　　容我伴你罢,
　　　山上白云深了!

赏析　小诗描写天空中的白云悠悠地飘荡着,越积越厚,把小松树笼在白云深处了。诗人以对话的语气,发出了要陪伴小松树的呼声。全诗语句虽短,却营造了幽远的意境。表现出诗人关爱自然、热爱自然的情感。

四二

晚霞边的孤帆,
　　在不自觉里
　　　完成了"自然"的图画。

赏析　这首诗运用了比喻的修辞手法,写出人与自然和谐相处之景。"晚霞""孤帆"共同组合成了一幅傍晚江上的自然画卷,表现了诗人对大自然无比浓厚的热爱之情。

四三

春何曾说话呢?
　　但她那伟大潜隐的力量,
　　　已这般的

温柔了世界了!

赏析 诗人对大自然的礼赞从没停止过。这首诗采用了拟人的修辞手法,写出自然温柔的力量,把春天那种悄然而至的情态写了出来,突出了春天蕴含的伟大力量带给整个世界的生机,表现出诗人对春的赞美,以及对孤高、纯洁、庄严人格特质的追求。

四四

旗儿举正了,

聪明的先驱者呵!

赏析 先驱者手中的旗帜,指引着人们前进的方向,表现了诗人对于先驱者的鼓舞与赞美,号召青年人树立理想,努力奋斗。

四五

山有时倾了,

海有时涌了。

一个庸人的心志

却终古竖立!

赏析 这里的"庸人"运用了反语的修辞手法。山倾海涌之时,只有"庸人"的心志没有倒下,由此可见"庸人"不庸,"庸人"的心志是经得起时间的考验的。

知识考点

这首诗对你有什么启示?

_____

_____

繁星·春水

四六

不解放的行为,
　　造就了自由的思想!

赏析 短短两句诗,饱含哲理。行为和思想有时候是矛盾的,当人们的行为受到束缚的时候,他们渴望自由的心却是最强烈的。

四七

人在廊上,
　　书在膝上,
　　拂面的微风里
　　　　知道春来了。

赏析 诗人用简练的语句描绘出了一幅唯美而温暖的画面。春天来了,来得那么悄然无声,只有细心地观察,才能感觉到她的存在。这首诗表达了诗人对自然和春天的歌颂。

四八

萤儿自由的飞走了,
　　无力的残荷呵!

赏析 这首诗表达了诗人对自然的赞颂,对生命消逝的无奈,对时光流逝的感慨。萤火虫的自由与残荷的枯败形成了鲜明的对比,突出了诗人对自由的渴望。

四九

自然的微笑里,
　　融化了
　　　　人类的怨嗔[埋怨责怪]。

赏析 短短十四字的诗句很有意味,诗人将人与自然联系在一起,两者的态度却是迥然不同,自然是"微笑",而人类是"怨嗔",自然的伟大能化解人的怨嗔。这首诗表现了诗人对自然的歌颂,讴歌了大自然博大的胸怀。

五〇

何用写呢?

　　诗人自己

　　便是诗了!

赏析　诗人的诗歌都是由她自己的生活和人生体悟的点点滴滴汇聚而成的。诗人是敏感的,她自身充满了诗意,诗人用自己的行动,诠释着诗的真谛——含蓄、柔美、温馨。

五一

鸡声——

　　鼓舞了别人了!

　　它自己可曾得到慰安么?

赏析　鸡鸣声唤醒了新的一天,诗人却产生了一个疑问:鸡鸣对自己有安慰吗?表达了诗人对先驱者无私奉献精神的赞美。

五二

微倦的沉思里——

　　鸽儿的弦风

　　将诗情吹破了!

赏析　短小精悍的诗句饱含生活的情趣。诗人创作的宁静被鸽子展翅飞翔的风声打破,而这却成了诗人创作的题材。可见,诗人既能热爱自然又能融入自然。

五三

春从微绿的小草里

　　对青年说:

▶ 繁星·春水

"我的光照临着你了，
　　从枯冷的环境中
　　创造你有生命的人格罢！"

赏析 诗中运用拟人的修辞手法，将春天写得富有生命力。春天也是先驱者的象征，给青年以鼓励，让青年去成就自己的梦想。全诗表现了诗人对青年一代的关注与关爱。

Z 知识考点

诗人对青年有什么要求？这对你有什么启发？

_____

_____

五四

白昼从那里长了呢？
　　远远墙边的树影
　　都困惓得不移动了。

赏析 诗中运用拟人的修辞手法，"困惓"一词写出了树影迟迟不动的状态。自然交替，昼长夜短，全诗表现了诗人对自然的关注和思考。

五五

野地里的百合花，
　　只有自然
　　是你的朋友罢。

赏析 诗中运用拟人的修辞手法，将大自然当成百合花的朋友，字里行间充满了诗情画意，表现了诗人甘于孤独和愿与自然为伴的情怀，表达了对孤独者的同情和对自然的热爱。

五六

狂风里——

　　远树都模糊了，

　　造物者涂抹了他黄昏的图画了。

赏析　诗人运用比喻和拟人的修辞手法写出自然的变化,将狂风里远处树影的模糊,想象成是由造物者——大自然所涂抹掉的,表现了诗人对大自然的热爱情怀。

五七

小蜘蛛！

　　停止你的工作罢，

　　只网住些儿尘土呵！

赏析　诗人和小蜘蛛展开对话,认为蛛网只网住了灰尘,失去了意义。以此来告诫人们要下功夫做有意义的工作,不要流于表面,做一些徒劳的工作。

五八

冰似山般静寂，

　　山似水般流动，

　　诗人可以如此的支配它么？

赏析　关注自然、取法自然是诗人创作的源泉。诗中采用了比喻的修辞手法,把冰比作山,把山比作水,并说明这些都是出自大自然这位伟大诗人笔下的"诗句",而"诗人"是没法呈现这种自然美的！诗人在此盛赞了大自然的伟大,表达了对大自然的热爱之情。

繁星·春水

五九

乘客呼唤着说：

"舵工！

小心雾里的暗礁罢。"

舵工宁静的微笑说：

"我知道那当行的水路，

这就够了！"

赏析 这首诗以对话形式阐释道理：要关注自我，做好本职工作，不要顾虑其他。一问一答间，乘客的忧虑、船工的自信得以展现。

六〇

流星——

只在人类的天空里是光明的；

它从黑暗中飞来，

又向黑暗中飞去，

生命也是这般的不分明么？

赏析 诗人把生命比作流星，从流星的飞逝这一自然现象之中生发出对于生命的感慨以及对生命意义的思考。

六一

弟弟！

且喜又相见了，

我回忆中的你，

哪能像这般清晰？

赏析 诗人与三个弟弟之间情感深厚，他们常常在一起谈天说地，说古谈今，游戏嬉戏，亲如一人。一个"喜"字写出诗人见到弟弟后的喜悦，接着说出眼前比回忆更加清晰，深刻地表达了对弟弟的深情。

六二

我要挽那"过去"的年光，

　　但时间的经纬里

　　已织上了"现在"的丝了！

赏析　诗歌运用比喻和拟人的修辞手法，写出诗人对于已逝青春的留恋和无奈，却发现时间已经在用"现在的丝"开始编织了。诗人一生钟爱自然，可是每当她独立宇宙体验生命时，仍会产生对时间不可捉摸无法把握的慨叹！诗中有种淡淡的惆怅和忧伤在弥漫。

六三

柳花飞时，

　　燕子来了；

芦花飞时，

　　燕子又去了；

但她们是一样的洁白呵！

赏析　自然有其自身规律，万物是平等的。柳花与芦花，一样的洁白，并未因为时令的改变而改变。燕子的一去一回，时光却有了变换。诗人描写了"变"与"不变"的画面，形成了强烈对比，告诉我们要关注和尊重自然。

六四

婴儿，

　　在他颤动的啼声中

　　　　有无限神秘的言语，

　　从最初的灵魂里带来

　　　　要告诉世界。

赏析　婴儿的内心是最纯洁的，作为新生希望的、未经尘世侵染的

▶ 繁星·春水

婴儿发出的啼哭声,是从灵魂中带来的神秘语言,诗人借此盛赞了童真的纯洁。

知识考点

诗人想要表达什么样的情感呢?

_____

_____

六五

只是一颗孤星罢了!
　在无边的黑暗里
　已写尽了宇宙的寂寞。

赏析　当诗人的爱心面对残酷的现实社会时,她深深地感到了自己的无力。黑夜之中的一颗孤星,形单影只。宇宙的寂寞其实是诗人内心寂寞的写照,诗人借这颗孤星,表达自己心中的那种孤寂感。

六六

清绝——
是静寂还是清明?
　只有凝立的城墙,
　　被雪的杨柳,
　冷又何妨?
　白茫茫里走入画图中罢!

赏析　白雪覆盖的杨柳、历经岁月的城墙,在诗人笔下都充满了沧桑感,它们成为诗人所描摹的画图中的一部分。诗歌描写雪景,表现出诗人对大自然的热爱和赞美。

六七

信仰将青年人

　　扶上"服从"的高塔以后，

　　　便把"思想"的梯儿撤去了。

赏析　这首诗用简明形象的语言，批评了青年人缺乏独立思考、缺乏追求自由的思想，一味地对权威、对信仰的盲从。将深刻的哲理寓于鲜明、生动、直观的形象之中，是诗人小诗的显著特色。本诗告诫青年人要靠思想的指引去行动，不要盲从，要学会思考。如果要体验生命，就必须远离"服从"的教条。

知识考点

下面哪个选项不符合本诗的原意（　　）

A.说明了青年人要注意自己灵魂的塑造，而这塑造离不开社会这个大环境。

B.对于信仰我们要一分为二地看，既不能盲目相信，也不能毫无信仰。

C.诗人想告诉青年人最好不要有任何信仰。

六八

当我自己在黑暗幽远的道上

　　当心的慢慢走着，

　　　我只倾听着自己的足音。

赏析　这首诗告诫青年人，当陷入迷茫或困境之中时，应该依照自己的意志行事，做事有主见而不盲从。在实现理想的道路上，要甘于寂寞，关注自我成长。

六九

沉寂的渊底，

　　却照着

　　　　永远红艳的春花。

赏析　"沉寂的渊底"与"红艳的春花"形成对比，春花冲破沉寂冷漠的环境绽放出红艳的花朵，是顽强的、永久的。沉寂的渊底又何妨，春花依旧鲜艳地绽放。诗人告诉我们在遭遇困境时，只要坚定信念，奋发向上，那么成功一定能够到来。

七〇

玫瑰花的浓红

　　在我眼前照耀，

伸手摘将下来，

　　她却萎谢在我的襟上。

我的心低低的安慰我说：

　　"你隔绝了她和'自然'的连结，

　　　　这浓红便归尘土；

青年人！

　　留意你枯燥的灵魂。"

赏析　第一节写摘下的花枯萎了；第二节写花枯萎的原因：隔绝了它和自然的关系，无法获取生存的营养。诗人借此来告诫年轻人要尊重自然规律，要树立理想，并为之不懈奋斗，不要停步不前，否则开花无果。

七一

当我浮云般

自来自去的时候,

真觉得宇宙太寂寞了!

赏析 诗人常用诗意的情趣来思考人生,可是现实的无情向人们展示了最真实的一面,那就是黑暗。诗中运用比喻的修辞手法,将自己比喻成无根的"浮云"。浮云的自来自去则道出了诗人内心的孤寂之感:在实现理想的道路上,要甘于寂寞。

七二

郁倦的春风

只送些"不宁"来了!

城墙——

微绿的杨柳——

都隐没在飞扬的尘土里。

这也是人生断片的烦闷呵!

赏析 这首诗情景交融,蕴含着深刻的道理。诗人借此表达了人生中总会有一些迷茫和烦闷,成长的烦恼只是一时的,不要为此而抱怨,要乐观面对。诗人笔下也流泻出了怅惘茫然的心绪。

七三

我的朋友!

倘若春花自由的开放时,

无意中愁苦了你,

你当原谅它是受自然的指挥的。

赏析 春花烂漫,人不可忧烦。这首诗借着春花开放不会因为人的喜好愁苦而随意改变,表明了自然是有着它自己的规律的。诗人也借此赞扬了自然的伟大,表现出对自然的尊敬之情。

繁星·春水

七四

在模糊的世界中——

我忘记了最初的一句话,

也不知道最后的一句话。

赏析 这首诗使用了象征的表现手法。表现诗人关注生命,对生命的起始与终结的思考。"最初的一句话"象征着理想;"最后的一句话"象征着自己坚持的结果;"模糊的世界"则象征着当时诗人所处时代的混乱与黑暗。因为世界是模糊的,所以才会忘记最初的理想,也不知道最后的结果。这也许是与世界相处的一种方法。

七五

昨日游湖,

今夜听雨,

这雨点已落到我心中的湖上,

滴出无数的叠纹了!

赏析 "昨日游湖""今夜听雨""雨点已落到我心中的湖上",这三个片段产生一种时空交错的美感。这首诗表达了诗人对自然与人生的思考。

七六

寂寞增加郁闷,

忙碌铲除烦恼——

我的朋友!

快乐在不停的工作里!

赏析 "增加"的本意是指在原有的基础上加多了,所以既有寂寞又有郁闷,而工作可以消除郁闷和烦恼,并带来快乐。诗人运用对比的修辞手法,告诫人们要努力工作充实自我,在忙碌中使自己快乐起来,

并有所收获。

知识考点

1.诗中"增加"一词用得好,好在哪里?

_____

_____

2.这首诗告诉我们一个什么道理?

_____

_____

七七

只坐在阶边说笑——

山上的楼台

　斜阳照着,

何曾不想一登临呢?

　清福不要一日享尽了呵!

赏析　诗人选择坐在台阶上享受夕阳,而不直接登到楼台之上,是因为生活在于慢慢地体验和感受。诗人借这首诗告诫年轻人不要贪图安逸,只有脚踏实地,不断进取,才能安享快乐。

七八

可曾有过?

　钓矶(jī)[水边突出的岩石或石滩]独坐——

满湖柔波

　看人春泛。

赏析　短短的四句诗,清新明丽,典雅细腻。诗中描绘了一幅春日泛舟之美图:湖波荡漾,有人独钓,有人划舟。这首诗表达了诗人对大自然独特的情怀和无限的热爱。

繁星·春水

七九

我愿意在离开世界以前

能低低告诉它说：

"世界呵，

我彻底的了解你了！"

赏析 世界奥秘难以了解，需要毕生不断学习探求。诗人运用拟人的修辞手法，采用第一人称，与世界展开对话，告诉我们人生要过得充实有意义，不要虚度光阴。表现了诗人要用毕生的精力去探索自然的真谛，与自然沟通，以达到与自然和谐相处。

八〇

当我看见绿叶又来的时候，

我的心欣喜又感伤了。

勇敢的绿叶呵！

记否去秋暗淡的离别呢？

赏析 诗人的心被春天新发的绿芽所感动，经过了肃秋、严冬，它依然坚强地展开自我，迎接春天！这首诗告诉我们要学会忘记往日感伤，不畏艰险挫折，勇敢面对并创造新生活。

八一

我独自

经过了青青的松柏，

上了层层的石阶。

祈年殿

庄严地在黄尘里，

我——

我只能深深地低首了！

赏析 "青青""层层""深深"等叠词的运用,使诗歌具有韵律感。犹如步步台阶,通过到庄严的祈年殿里祈福来表现诗人对自然的虔诚。祈年殿里人们祈求丰收,却不知是人类自己对自然的破坏使得黄尘漫天,结尾处"深深地低首"写出了诗人对祈年殿的肃然起敬之情。这首诗告诉我们要尊重自然。

八二

我的朋友,

　　不要让春风欺哄了你。

　花色原不如花香啊!

赏析 尊重自然,透过表象追求内涵,才能感受和领会真谛。诗人运用拟人的修辞手法,让春风有了生命。"花色原不如花香啊",这是诗人在告诉人们,不要轻信外表,内在比外在更重要。

八三

微雨的山门下,

　　石阶湿着——

只有独立的我

　和缕缕的游云,

　　这也是"同参密藏"么?

赏析 "同参密藏"是指参究佛所亲证的宇宙和人生真理。诗人用静定从容的闲适心情,去观察大自然,与自然相沟通,把感悟到的自然抒写于笔端,给人以恬淡宁和的无尽遐思。这首诗是诗人独游山寺所发的感慨,表达了诗人对自然的崇敬之情。

八四

灯下拔了剑儿出鞘,

　　细看——凝想

> 繁星·春水

只有一腔豪气。

竟忘却

血珠鲜红

泪珠晶白。

赏析 在这首诗中,诗人运用象征的表现手法,出鞘的剑象征着诗人手中的笔。诗人借着这首诗感叹了自己虽有书写的豪情,却无力改变当时的时局。表现了诗人对现实的无奈之情。

八五

我的朋友!

倘若你忆起这一湖春水,

要记住

它原不是温柔,

只是这般冰冷。

赏析 诗人将春水人格化,并指出它原不是温柔的,而是冰冷的。只是因为诗人与朋友相见,才有了春意。

八六

谈笑着走下层阶,

斜阳里——

偶然后头红墙,

前瞻黄瓦,

霎时间我了解什么是"旧国"了,

我的心灵从此凄动了!

赏析 "斜阳""红墙""黄瓦"暗示的是没落衰败的旧事物。诗人借此表达了当时的知识分子对国家命运的思考,忧国之情溢于言表。

八七

青年人!

　　只是回顾么?

　　这世界是不住地前进呵。

赏析　诗歌告诫青年不要取得了一点成绩,有了一点进步就沾沾自喜,停步不前,沉浸在幸福的回忆中;要戒骄戒躁,努力创新,不断前进,因为"这世界是不住地前进呵"。这首诗具有催人奋进的力量。

八八

春徘徊着来到

　　这庄严的坛上——

在无边的清冷里,

只能把一丝春意,

　　交付与阶隙里

　　　　微小的草儿了。

赏析　春天来到时,依然寒冷,但很细小的一丝春意也能萌发出生机。全诗表现了诗人对自然的礼赞。

八九

桃花无主的开了,

　　小草无主的青了,

　　世人真痴呵!

　　　　为何求自然的爱来慰安呢!

赏析　诗人在这首诗里赞颂了自然的无私,并表达了自己对大自然的热爱。花开草绿,都是应着自然而生发的。人类又何尝不是依靠着自然的恩惠而活着呢?诗歌歌颂了大自然的无私与伟大。

繁星·春水

九〇

聪明人！
　在这漠漠的世界上，
　　只能提着"自信"的灯儿
　　　进行在黑暗里。

赏析　诗人把"自信"这一抽象事物比作实物"灯"，使"自信"变得真实可感，将"自信才能行走于世间"比喻为"提着灯才能在黑夜里行走"，比喻贴切，写出了可以让人迈步向前的力量是自信，突出了"自信"对于人生的重要意义。

知识考点

这首诗带给你怎样的启示？

_____

_____

九一

对着幽艳的花儿凝望，
　为着将来的果子
　　只得留它开在枝头了！

赏析　诗人借这首诗告诫人们，不要为了一时的诱惑而忘记了自己的目的，相对于美丽的花，果实才是人们所需要的。

九二

星儿！
　世人凝注着你了，
　　导引他们的眼光
　　　超出太空以外罢！

赏析 星星指引着人们前进的方向,引导人们探索外太空的奥秘。远大的理想正如星星,给人以启迪,为人指引方向。诗歌表现了诗人对理想的追求与探索。

九三

一阵风来——
　湖水向后流了,
　　石矶向前走了,
迷惘里……
　我——我脑中的海岳呵!

赏析 诗人在海边长大,和大海的感情深厚。坐在船中,湖水和石矶的相对运动,激发了诗人内心久违的关于大海与高山的联想。

九四

什么是播种者的喜悦呢!
　倚锄望——
　　到处有青青之痕了!

赏析 对于播种者来说,没有什么比看到自己的劳动成果更为高兴的了。这首诗表达了诗人对青年们的期待,认为那些富有理想、抱负的青年才是未来的希望。

九五

月儿——
　在天下的水镜里,
　　这边光明,
　　　那边黯淡。
　但在天上却只有一个。

赏析 月亮在不同的水中倒影是不一样的,但是月亮并没有变。

繁星·春水

无论外形如何变化,其本质是不变的。诗人借此告诉人们:不管环境怎样变化,内心的理想和坚持都不应改变。

九六

"什么时候来赏雪呢?"

"来日罢,"

"来日"过去了。

"什么时候来游湖呢?"

"来年罢,"

"来年"过去了。

"什么时候来工作呢!

来生么?"

我微笑而又惊悚(sǒng)了!

赏析 时光是温柔无语的,它等待的是你发现它时的惊惶和无措!如果一切都等待来日、来年、来生,那么今日、今年、今生我们还有什么?诗人运用排比的修辞手法,一问一答加一个判断来构建全诗,借助对话来讲述道理,给人以深刻的启发:不要等待,应该及时付诸行动。

知识考点

下面选项中,对本诗理解不正确的是(　　)

A.第一节中,诗人回答"来日罢"是因为诗人当时没有时间去赏雪。

B.诗的最后一节,诗人把前面回答的肯定语气变为了反问句,给读者以震撼的感觉。

C.诗歌给许多有相同想法的人以警示,如果一切都等到来生,还需要今生吗?

九七

寥廓的黄昏,

　何处着一个彷徨(páng huáng)[犹豫不决]的我?

母亲呵!

我只要归依你,

心外的湖山,

　容我抛弃罢!

赏析　在诗人笔下,母亲是小鸟的巢,是灵魂的归宿,是彷徨郁闷时倾诉的对象。诗人宁愿暂时割舍对大自然的爱,也要回到母亲的怀抱,表达了她对母亲的无限依恋之情。此诗从侧面着墨,将大自然与对母亲浓浓的爱形成对比,衬托出母亲的伟大与崇高。

九八

我不会弹琴,

　我只静默的听着;

我不会绘画,

　我只沉寂的看着;

我不会表现万全的爱,

　我只虔诚的祷告着。

赏析　不会,不代表不爱。诗人采用对比的修辞手法,把听琴、赏画、表现爱与听着、看着、祷告着进行对比,表达了一种含蓄、深沉、内敛的爱。

九九

"幽兰!

　未免太寂寞了,

　不愿意要友伴么?"

繁星·春水

"我正寻求着呢？
　　但没有别的花儿
　　肯开在空谷里。"

赏析　兰花静静地绽放在那个不被人注意的角落，却依然坚强而自信，那是一种甘于寂寞的美丽。诗人在这首诗中运用拟人的修辞手法，通过与幽兰的对话，表现了志向高洁者宁愿孤寂，也不愿意与不同道的人携手做伴的高尚品格。

一〇〇

当青年人肩上的重担
　　忽然卸去时，
他勇敢的心
　　便要因着寂寞而悲哀了！

赏析　这首诗对于现在的青年人也很有现实意义。诗中强调人生的意义在于肩负的重任。一旦重任卸下，人生反而失去了意义，心灵也就因此而空虚。诗中表达了年轻人失去理想时的无奈与彷徨。

一〇一

我的朋友！
　　最后的悲哀
　　　　还须禁受，
在地球粉碎的那一日，
　　幸福的女神，
　　　　要对绝望众生
作末一次凄感的微笑。

赏析　这首诗中的忧愁不是大起大落，而是哀而不伤，"最后的悲哀还须禁受"。是哀怨中含泪的微笑，"作末一次凄感的微笑"。这是儒家传统思想——哀而不伤、温柔敦厚的自然而然的体现，也形成了诗人诗歌特有的阴柔质感。朋友们，我们共同生活在同一个地球上，共同拥有这个温馨的家园，不要再破坏它了，珍爱我们的家园吧！

一〇二

我的问题——
　我的心
　　在光明中沉默不答。
我的梦
　却在黑暗里替我解明了！

赏析　"我"的心虽沉默，但"我"的梦替我解明，诗人借此诗鼓励年轻人不要被黑暗遮住了双眼，只要有梦想，就能在黑暗中找到前进的方向。

一〇三

智慧的女儿！
在不住的抵抗里，
你永远不能了解
　什么是人类同情。

赏析　诗人认为理性与情感、智慧与同情在很大意义上存在着矛盾和冲突。当人们一味地受理性支配的时候，可能会忽视应有的人性。

一〇四

鱼儿上来了，
　水面上一个小虫儿飘浮着——
在这小小的生死关头，
我微弱的心
　忽然颤动了！

赏析　这首诗充分表现了诗人的一种人间大爱，体现了诗人"爱的哲学"。"在这小小的生死关头，我微弱的心忽然颤动了"，这句话细致

▶ 繁星·春水

描绘了诗人对于面对生死关头的小虫儿深深的担忧之情,我们可以充分体会到诗人对生命的珍惜和对弱者的同情!

一○五

造物者——
　　倘若在永久的生命中
　　　只容有一个极乐的应许。
　我要至诚地求着:
　　"我在母亲的怀里,
　　母亲在小舟里,
　　小舟在月明的大海里。"

赏析 诗人直接向造物主表达自己最大的心愿,通过淳朴的愿望,表达了诗人对大海、对母亲的挚爱,表露出诗人澄澈的情怀。诗中的"我"与"母亲"、"小舟"与"大海"相互依存,不可分离。童真、母爱、自然之美浑然一体,营造了一个至善至美的世界。

Z 知识考点

1.有人评价这是冰心小诗中最美的篇章之一,为什么?说说你对这首诗的理解。

_____

_____

2.仿照"我在母亲的怀里,母亲在小舟里,小舟在月明的大海里。"写一个句子。

_____

_____

一〇六

诗人从他的心中

　　滴出快乐和忧愁的血。

在不知不觉里

　　已成了世界上同情的花。

赏析　在这首小诗中,诗人用自己的真实感情书写快乐和忧愁,这些诗歌成为关注世界的佳作。诗人借此表达了应关注世界、关注民生的思想。

一〇七

只是纸上纵横的字——

　　纵横的字,

　　　　哪有词句呢?

　　只重叠的墨迹里

　　　　已留下当初凝想之痕了!

赏析　把诗句巧妙地说成是"纸上纵横的字",而"凝想之痕"正是创作的最初畅想,它们是创作时的一种原始状态。这首诗是诗人为这些最初的思想火花书写的美之诗。

一〇八

母亲呵!

　　乳娘不应诓(kuāng)弄[哄骗]脆弱的我,

　　谁最初的开了

我心宫里悲哀之门呢?

——你拭干我现在的

　　微笑中的泪珠罢——

楼外丐妇求乞的悲声,

> 繁星·春水

将我的心从睡梦中
　　重重的敲碎了！
她将我的母亲带去了，
　　母亲不在摇篮边了。
这是我第一次感出
　　世界的虚空呵！

赏析　诗歌叙写母亲去接济丐妇，留"我"独自在摇篮里的情景。诗人通过叙述生活中的一件小事，赞颂了母亲的善良和伟大，同时也道出诗人对母亲的依恋。

一〇九

夜正长呢！
　　能下些雨儿也好。
窗外果然滴沥了——
　　数着雨声罢！
只依旧是烦郁么？

赏析　诗歌前几句好似简单叙事：漫漫长夜，只能听着窗外的雨声，挨到天明。末句"只依旧是烦郁么？"，使得诗人内心的烦闷可见一斑。

一一〇

聪明人，
　　纤纤的月，
　　　　完满在后头呢！
姑且容淡淡的云影
　　遮蔽着她罢。

赏析　"纤纤""淡淡"叠词的运用，看似随意，实则包含深刻的哲理。诗人描写淡淡的云影姑且遮蔽纤月，阐释了人生中挫折与苦难终将会过去。

一一一

小麻雀！
　休飞进田垄里。
垄里，
　遍地弹机
　　正静静地等着你。

赏析　"小麻雀"是诗人对小孩子的比喻。小孩子似乎可以和自然万物对话，诗人生怕一颗颗稚嫩纯洁的心被世俗所伤害，于是发出了警告，表达了诗人对纯真儿童的关爱。

一一二

浪花愈大，
　凝立的盘石
　　在沉默的持守里，
　　　快乐也愈大了。

赏析　"浪花"代表迎面而来的困难，代表着对手；"盘石"代表坚韧的人。本诗的意思是对于意志坚强的人来说，困难越巨大，对手越强大，成功时的喜悦就会越强烈。表现了诗人拥有坚定的理想与乐观主义精神。

一一三

星星——
　只能白了青年人的发，
　不能灰了青年人的心。

赏析　这首诗诗行整齐，构成明显的对照，强调了心态的坚韧性。"星星"在这里象征希望。为了希望，青年人可以奋斗至白发苍苍；有了希望，青年人就永远充满活力。诗人用积极乐观的态度向世人宣告青年人永不灰心！

一一四

我的朋友！

不要随从我。

我的心灵之灯

只照自己的前途呵！

赏析 诗人告诉自己的朋友，也是告诉所有年轻人要走自己的路，不要盲目地追随他人，否则会重复别人的路，迷失自我。诗歌告诉我们：每个人都有各自不同的人生目标，每个人都需要找到适合自己前行的路，不断努力，积极探索，不要盲从。

一一五

两行的红烛燃起了——

堂下花阴里，

隐着浅红的夹衣。

髫(tiáo)年[童年]的欢乐

容她回忆罢！

赏析 童年，人生中最难以忘怀的一个片段。这首诗表达了诗人对美好童年的回忆，那回忆就藏在堂下的花阴和浅红的夹衣里。表达了诗人对童真的赞美之情。

一一六

山上的楼窗不见了，

灯花烬(jìn)[物体燃烧后剩下的东西]也！

天风里

危岩独倚，

便小草也是伴侣了！

赏析 "楼窗不见""灯花烬""天风""危岩"这些词给全诗营造了

一种静寂萧瑟的意境,但仅剩的小草仍能成为伴侣,可见诗人享受自然、热爱自然的思想情怀。

一一七

梦未终——
　　窗外日迟迟,
　　　　堂前又遇见伊!
牵牛花!
　　昨夜灵魂里攀摘的悲哀,
　　可曾身受么?

赏析　梦还没有醒,天就大亮了。看到眼前的牵牛花,诗人想到梦里自己曾经攀摘过,于是便亲切地询问,表现了诗人对自然、对生活的热爱。

一一八

紫藤萝落在池上了。
花架下
　　长昼无人,
　　只有微风吹着叶儿响。

赏析　藤萝落池,花架无人,只剩微风吹叶响。全诗营造出一种凄凉落寞的氛围,这是诗人对着花架下的景物有感而发,表现诗人对大自然独特的感悟。

一一九

诗人的心灵,
　　只合颤动么?
平凡的急管繁弦,
　　已催他低首了!

▶ 繁星·春水

赏析 诗中写出了诗人的心是异常敏感且高傲的,而当她面对无奈的现实时,也不得不低下了头,无奈与彷徨萦绕着她。

Z 知识考点

这首诗表达了诗人怎样的创作情感?

_____

_____

一二〇

"祖父千秋,
　　同祝一杯酒!"
明灯下,
　笑声里,
　面颊都晕红了!

妹姊们!
　何必当初?
　　到如今酒阑(lán)人散——
　苦雨孤灯的晚上,
　　只添我些凄清的回忆呵!

赏析 诗人回忆起自己和家人共同为祖父祝寿时的情景,而如今离家在外,这场面只能追忆了,不免让人觉得凄清孤独。全诗表达了诗人思念亲人之情。

一二一

世人呵!
　暂时的花儿
　　原不配供在永久的瓶里,

这稚弱的生机，
　　请你怜悯罢！

赏析　花儿被摘下放进花瓶，最后只能枯萎，只有在枝头绽放才能获得更长时间的生机，所以诗人劝告人们不要轻易攀折它们。

知识考点

这首诗反映了诗人怎样的感情？

_____

_____

一二二

自然的话语
　　太深微了，
聪明人的心
　　却是如何的简单呵！

赏析　诗人感慨人类难以理解自然的玄妙。诗中"自然"的深微与"聪明人"的简单形成了鲜明的对比，简单的几句话语，透露着一种不可名状的自然理趣。也告诫青年，要想理解自然的话语，需要真正融入自然，用心去倾听自然。

一二三

几天的微雨，
　　将春的消息隔绝了。
无聊里——
　　几朵枯花，
　　只拈来凝想。
原是去年的言语呵，
　　也可作今日的慰安么？

繁星·春水

赏析 诗人从大自然平凡的事物之中触发思索,"几朵枯花""去年的言语"指代的都是过去的事物,诗人认为这些过去的事物并不能安慰今日的烦郁。表达了诗人祈盼春天早日到来的感情。

一二四

黄昏了——

　　湖波欲睡了——

　　走不尽的长廊呵!

赏析 诗人运用了拟人的修辞手法。日落的黄昏,欲睡的湖水,走不尽的长廊,营造出一种落寞之感,也流露出诗人的身心疲惫。表达出诗人对大自然的一种特殊的亲近感。

一二五

修养的花儿

　　在寂静中开过去了,

成功的果子

　　便要在光明里结实。

赏析 "修养的花儿"象征有修养的人,"在寂静中开过去了"象征在奋斗的路上要耐得住寂寞。诗人告诉人们,努力付出之后,成功也将来临。只有耐得住寂寞,努力提高自己,才能迎来辉煌的成功。

一二六

虹儿!

你后悔么?

雨后的天空

　　偶然出现,

世间儿女

已画你的影儿在罗带上了。

赏析　雨后的彩虹只能偶然出现,而人们已经在罗带上画出长久的彩虹花纹;彩虹并不后悔给人间带来瞬间的美丽。此诗表达了诗人对自然、对彩虹的赞美之情。

一二七

清晓——
　　静悄悄地走入园里,
万有都在睡梦中呵!
　　除却零零的露珠
　　　谁是伴侣呢?

赏析　万物在拂晓之时,还在沉睡之中。花草上的露珠,也是如此孤单。全诗表现了大自然的静态美,也表达了诗人对大自然的热爱之情。

一二八

海洋将心情深深地分断了——
　　十字架下的婴儿呵!
隔着清波
　　只能有泛泛的微笑么?

赏析　诗歌表现了对大海的热爱,还有对童真的赞美,除此之外,出现了带有宗教意味的十字架,反映了诗人思想深受基督教的影响。这里的"婴儿"象征翩然入世的天使,他向人类传达神的旨意,给人类带来希望。

一二九

朝阳下的鸟声清啭(zhuàn)着,
　　窗帘吹卷了,
　　又听得叶儿细响——

▶ 繁星·春水

无奈诗人的心灵呵!

不许他拿起笔儿

却依旧这般凝想。

赏析 朝阳下的鸟鸣婉转悠扬,窗帘被微风吹起,叶儿也发出轻响,但是诗人此时并无创作的冲动,她被这自然的美景吸引了,体现了诗人对自然的喜爱。

一三〇

这时又是谁在海舟上呢?

水面黄昏

凭栏的凝眺(tiào)——

山中的我

只合空想了。

赏析 这是一首极有跳跃的诗歌,从诗人泛舟"凭栏的凝眺"到身在山中"只合空想",没有绚丽情感的宣泄,只有朴素之笔的白描,意境深远,给读者留下了思考的空白。诗人借这首诗表达了一种孤独的情怀。

一三一

青年人!

觉悟后的悲哀

只深深的将自己葬了。

原也是微小的人类呵!

赏析 这首诗告诫青年人要正确对待人生中的错误和挫折,如果觉悟后还在一味地悲哀,就只会将自己毁掉,这原本也是渺小人类的致命弱点,只有积极乐观才能走出人生的困境。诗歌精短而警策,如醍醐灌顶,足以使那些昏聩的人警醒。

124

一三二

花又在瓶里了,

　　书又在手里了,

但——

　　是今年的秋雨之夜!

赏析　花和书是诗人的好伙伴,但是诗人话锋一转,把视角拉回到了秋雨之夜,心情急转直下,营造出"秋风秋雨愁煞人"的氛围。

一三三

　　只两朵昨夜襟上的玉兰,

　　便将晓风和朝阳

　　都深深地记在心里了。

赏析　由"昨夜的玉兰"感受到了晓风和朝阳,突出了诗人细腻敏感的心思以及对自然的热爱之情。

一三四

命运如同海风——

吹着青春的舟,

飘摇的,

　　曲折的,

渡过了时光的海。

赏析　这首诗把命运比作"海风",把时光比作"大海",把青春比作"航海远行的小舟"。我们的青春有精彩,有飘摇,有曲折,但只要我们努力,就能够收获精彩人生,就像船总会过海到岸一样。诗人劝告青年应该把握好自己的命运,好好珍惜青春的时光。

繁星·春水

知识考点

这首诗对你有什么启发？

_____

_____

一三五

梦里采撷(xié)的天花，
　　醒来不见了——
我的朋友！
人生原有些愿望！
只能永久的寄在幻想里！

赏析　梦里采摘的花朵，醒后不复存在；有些愿望也是如此，有的成为现实，有的沉入了水底。诗人告诫人们：不要把自己的奋斗目标定得太不切实际，否则就只能存在于幻想中，无法实现，但有时也可以把幻想当采撷的天花偶尔装点现实生活。

一三六

洞谷里的小花
　　无力的开了，
　　　　又无力的谢了。
便是未曾领略过春光呵，
　　却也应晓得！

赏析　诗人把那些目光短浅的人比作"洞谷里的小花"，开与谢都未领略美好的春光，多么可悲啊！诗人借此诗劝诫年轻人应该走出藩篱，走向更为广阔的世界。

一三七

沉默着罢！

　在这无穷的世界上，

弱小的我

　原只当微笑

　　不应放言。

赏析　世界的力量是无穷的，而一个人的力量是微弱的。以微弱对应无穷，诗人建议人们应当微笑着去面对，不应放言空喊。表达了诗人对自然力量的赞颂之情，对个体力量渺小的无奈之感。

一三八

幢幢的人影，

　沉沉的烛光——

都将永别的悲哀，

和人生之谜语，

　　刻在我最初的回忆里了。

赏析　在这首诗中，用"幢幢"修饰"人影"，"沉沉"修饰"烛光"，"永别"修饰"悲哀"，"人生"修饰"谜语"，以及"最初"修饰"回忆"，写出了诗人回忆中的虚幻与伤感，以及对人生的感悟。

一三九

这奔涌的心潮

　只索情[只能请]《楞严》来雍(yōng)塞了。

无力的人呵！

　究竟会悟到"空不空"么？

赏析　诗人心潮奔涌之时，只能看《楞严》经，希望找到能平静心境的方法。在诗中最后一句"究竟会悟到'空不空'么"的发问，可以看出诗

127

繁星·春水

人对于消极避世的做法是极为鄙视的,她建议要用实际行动去改变世界,而不是选择逃避。

一四〇

遨游于梦中罢!

在那里

只有自由的言笑,

率真的心情。

赏析 只有梦中才会有"自由的言笑"和"率真的心情",诗人在这首诗中表达了对现实中的不如意的无奈与伤感之情,自由和率真才是诗人所向往的。

一四一

雨后——

随着蛙声,

荷盘上的水珠,

将衣裳溅湿了。

赏析 这首诗像一幅优美的画卷,展现在我们面前。"雨后""蛙声""荷盘""水珠"构成的画面动静结合,绘声绘色,仿佛把我们带到了美丽的江南,又仿佛带我们回到了无忧无虑的童年。水珠溅湿了衣服,表达了诗人融入自然的美好心情。

一四二

玫瑰花开了。

为着无聊的风,

小小的水边

竟不想再去了。

诗人的生涯

只终于寂寞么?

赏析 "玫瑰"是诗人特别喜爱的花,但是此刻与"无聊的风"放在一起,可见诗人内心是抑郁的。诗人连水边也不想再去了,显示出内心的愁闷。

一四三

揭开自然的帘儿罢!
艺术的婴儿,
　　正卧在真理的娘怀里。

赏析 这首诗运用拟人的修辞手法,揭示了自然、艺术和真理这三者的关系。艺术和真理不能分割,艺术需要尊重真理,是真理的产物,是对自然的表现。艺术和真理都孕育于自然。

一四四

诗人也只是空写罢了!
一点心灵——
何曾安慰到
　　雨声里痛苦的征人?

赏析 诗人的"空写"与雨夜征人的"痛苦"相似,都是苍白无力的,反问句更是加强了这种气势,也是诗人内心的一种控诉,表现了诗人对现实感到无力的自我嘲讽。

一四五

我的心开始颤动了——
当我默默的
　　敞着楼窗,
　　对着大海,
自然无声的谢我说:

繁星·春水

"我承认我们是被爱的了。"

赏析 诗人运用拟人的修辞手法,写自然与"我"对话,展示了一个爱的主题。自然是无声的,而诗人在默然间却能与自然达到心灵相通。这是诗人希望达到的最高境界——与自然相爱,与自然神交。

一四六

经验的花
　　结了智慧的果
智慧的果
　　却包着烦恼的核!

赏析 这首诗运用比喻的修辞手法,把"经验"比作"花",把"智慧"比作"果",把"烦恼"比作"核",形象生动地阐明了智慧来自经验,并且来之不易的道理:人在实践中得到经验,就是得到了智慧;丰富的经验,就是智慧的累加,而智慧的结晶,是要经历思考、实践,甚至历经磨难才会得到的。

知识考点

你是怎样理解这首诗的?

_____

_____

_____

一四七

绿荫下
　　沉思的坐着——
游丝般的诗情呵!
迷濛的春光
　　　刚将你抽出来,
　　叶底园丁的剪刀声
　　　又将你剪断了。

赏析　诗歌运用拟人的修辞手法,写绿荫下的诗情,诗人在绿荫下沉思刚产生的灵感,却被园丁的剪刀声打断了。动与静的画面碰撞出了别样的艺术效果,也体现诗人对自然的热爱。

一四八

谢谢你!
　　我的朋友!
这朵素心兰
　　请你自己戴着罢。
我又何忍辞谢她?
但无论是玫瑰
　　　　是香兰,
我都未曾放在发儿上。

赏析　本诗语言亲切自然。人们总是喜欢用花来装饰自己,诗人并非不喜欢素心兰,而是不忍佩戴素心兰,表现了她对自然万物的尊重。

一四九

上帝呵!
　　即或是天阴阴地,

繁星·春水

  人寂寂地，
  只要有一个灵魂
   守着你严静的清夜，
  寂寞的悲哀，
   便从宇宙中消灭了。

赏析 "天阴阴地""人寂寂地"说明环境的阴冷、死寂。"灵魂"指人生的理性与希望。诗人认为只有失去了灵魂的人，才会感觉到寂寞与悲哀。只要拥有理性与希望，人生总会发光。

一五〇

  岩下
   缓缓的河流，
    深深的树影——
  指点着
   细语着，
  许多诗意
   笼盖在月明中。

赏析 诗人采用了拟人的修辞手法，将"河流""树影"写得极富生命活力，并用细小的笔触展现了一幅月下流水的美丽画卷，从而表现了诗人对自然的热爱。

一五一

  浪花后
   是谁荡桨？
  这桨声
   侵入我深思的圈儿里了！

赏析 诗人在泛舟之时，听着桨声，陷入沉思。诗句直白之中，透着无尽的情趣意味。

一五二

先驱者！
　　绝顶的危峰上
　　　可曾放眼？
　便是此身解脱，
　　也应念着山下
　　劳苦的众生！

赏析 诗人在这里又一次提到了先驱者,先驱者的责任不仅仅是登到顶峰就下来,而是要在峰顶指引水深火热的"劳苦的众生"走向光明,而不只是自我解脱。诗人理性的暗示,明确了先驱者所要担负的历史责任。这首诗也表达了诗人对当时社会的无奈与对劳苦大众深深的同情。

一五三

笠儿戴着，
　　牛儿骑着，
　　　眉宇里深思着——
小牧童！
一般的沐着大地上的春光呵，
　　完满的无声的赞扬，
　　诗人如何比得你！

赏析 牧童的逍遥自在,是一种自然的状态,这种状态感染了诗人,所以诗人发出了"诗人如何比得你"的感慨。这也是诗人对童真与自然的赞美。

繁星·春水

一五四

柳条儿削成小桨，
　莲瓣儿做了扁舟——
容宇宙中小小的灵魂，
　轻柔地泛在春海里。

赏析 诗人吸取了古典诗歌中对偶的艺术手法，使诗情更为温情，诗节也显得自然，富有韵律美。"柳条儿""小桨""莲瓣儿""扁舟""春海"，诗人笔下的它们是多么轻盈柔和，读起来有一种暖洋洋的味道。

一五五

病后的树荫
　也比从前浓郁了，
开花的枝头，
　却有小小的果儿结着。
　我们只是改个庞儿相见了呵！

赏析 生病以前看到枝头开满了鲜花，病好之后再去看，花已经开始变成小小的果儿了，诗人于是发出感叹：我们不过是改换了一个面孔又相见了。诗人给我们讲述了事物之间的辩证关系，也给了我们深刻的启发。

知识考点

这首诗反映了什么哲理？

_____
_____

一五六

睡起——
　　廊上黄昏，
　　　薄袖临风；
　　庭院水般清，
　　　心地镜般明；
　　是画意还是诗情？

赏析　这首诗运用比喻的修辞手法，语言优美，韵律感极强，表达了诗人对大自然真切的体会与感悟。

一五七

姊姊！
　　清福便独享了罢，
　　　何须寄我些春泛的新诗？
　　心灵里已是烦忙
　　　又添了未曾相识的湖山，
　　　　频来入梦。

赏析　这首诗语句通俗，却充满温情。借着湖山"频来入梦"表达了诗人与姐姐之间的深厚情谊，也反映出了诗人当时烦闷的状态。

一五八

先驱者！
　　前途认定了
　　　切莫回头！
一回头——
　　灵魂里潜藏的怯弱，
　　　要你停留。

繁星·春水

赏析 这首诗里诗人赞美了敢于突破一切的时代先驱者。诗人高呼既已上路,切莫回头,你是众人的榜样,怎能退缩?先驱者一旦认清自己的方向,就要朝着既定的目标勇往直前。这是诗人对先驱者发出的鼓舞之声。

一五九

凭栏久
　凉风渐生
何处是天家?
　真要乘风归去!
看——
　清冷的月
　　已化作一片光云
轻轻地飞在海涛上。

赏析 此诗从苏轼的《水调歌头》变化而来,这首诗流露出诗人淡淡的愁绪和寂寞。诗人想乘风归去,而月却将光亮给予了海涛,"凉风""清冷"给人隐隐的孤寂之感。诗人认为无论身在何处,都可以与家人共享一轮明月。

Z 知识考点

本诗中诗人想要表达什么样的感情?

一六〇

自然无声的
　　看着劳苦的诗人微笑：
　"想着罢！
　　写着罢！
　无限的庄严，
　　你可曾约略知道？"

　诗人投笔了！
　　微小的悲哀
　永久遗留在心坎里了！

赏析　这首诗运用拟人的修辞手法描写自然对诗人的发问。在自然面前，"诗人"变成了无知的幼儿。自然的神秘与浩瀚，怎是"诗人"所能企及的呢？于是诗人悲哀投笔，表达了对自然的敬畏之情。

一六一

隔窗举起杯儿来——
落花！
　和你作别了！
　　原是清凉的水呵，
　只当是甜香的酒罢。

赏析　诗人隔窗以水代酒与落花作别，表现了诗人对落花的喜爱以及对一种旷达乐观的奉献精神的赞扬。

一六二

崖壁阴阴处，
　海波深深处，

繁星·春水

垂着丝儿独钓。

鱼儿!

不来也好,

我已从蔚蓝的水中

钓着诗趣了。

赏析 诗人热爱大海,在海崖处独钓,鱼儿不来也好,或有或无,诗人都不在乎,她更愿意在这"蔚蓝的水中"享受到生活的乐趣。人生也是如此,不在乎结果,而重在享受过程。

一六三

暮色苍苍——

远村在前,

山门在后。

黄土的小道曲折着,

踽(jǔ)踽[形容一个人走路孤零零的样子]的我无心的走着。

宇宙昏昏——

表现在前,

消灭在后。

生命的小道曲折着,

踽踽的我不自主的走着。

一般的遥远的前途呵!

抬头见新月,

深深地起了

不可言说的感触!

赏析 "暮色苍苍",奠定了全诗灰色的基调。诗中第一节写现实中的黄土小路;第二节写想象中的生命之路;第三节写无言的感想。在曲折的生命小路上诗人"无心的""不自主的"走着,虽然人生有的愿望只是幻想,但诗人还是没有放弃最后的希望。

一六四

将离别——
　　舟影太分明。
四望江山青;
　　微微的云呵!
　　怎只压着黯黯的情绪,
　　　　不笼住如梦的歌声?

赏析 诗人借景抒情,写舟影,写江山,写云,"黯黯的情绪""如梦的歌声"将离别时的愁绪渲染得淋漓尽致,让人感同身受。

一六五

我的朋友
　　坐下莫徘徊,
照影到水中,
　　累它游鱼惊起。

赏析 在这首诗里,诗人借一个小小细节的描写,写出怕徘徊的朋友的影子惊到游鱼的情景,表现了对自然、对生命的热爱。

一六六

遥指峰尖上,
　　孤松峙(zhì)立,
　　怎得倚着树根看落日?

139

繁星·春水

已近黄昏，

　　算着路途罢！

衣薄风寒，

　　不如休去。

赏析　诗人登上山顶，倚着松树看落日，直到山峰渐凉时，诗人才踏上归途。以此表达了诗人对大自然瑰丽景致的赞颂。

一六七

绿水边

　　几双游鸭，

　　几个浣衣的女儿，

在诗人驴前

　　展开了一幅自然的图画。

赏析　小河里鸭子自由地游荡，女孩子洗着衣裳，笑声随着水波荡漾……恬美的乡村田园生活尽收眼底。诗人以童心般的纯真心灵感受世界，感受生活，感受周围的一切事物。用朴素的语言，诉说内心的声音，"有了爱就有了一切"，轻描淡写间洋溢着真挚而朴素的美。

一六八

朦胧的月下——

　　长廊静院里。

不是清磬破了岑(cén)寂，

　　便落花的声音，

　　　　也听得见了。

赏析　"月下""长廊""静院"把我们带入一个"清""静"的世界，这里没有喧闹和躁动，我们能感触到诗人那种静静的、默默的心情。而"清磬破了""落花的声音"，打破了宁静。诗人采用了以动衬静的手法，写出了环境的静谧，透着一种淡淡的忧愁。

一六九

未生的婴儿,

　　从生命的球外

　　攀着"生"的窗户看时,

已隐隐地望见了

　　对面"死"的洞穴。

赏析　这首诗运用了夸张的修辞手法。未出生的婴儿能看见死亡的洞穴,可见生命的短暂。诗人借此诗劝告人们要珍惜时间,好好把握自己的人生,不可虚度光阴。

知识考点

这首诗表达了诗人怎样的思想观点?

_____

_____

一七〇

为着断送百万生灵

　　不绝的炮声,

严静的夜里,

　　凄然的将捉在手里的灯蛾

　　放到窗外去了。

赏析　将灯蛾放飞,体现了诗人对生命的珍视,这与断送百万生灵的不绝炮声形成对比,更衬托出战争的残酷与可怕,表达了诗人对战争的厌恶和对和平的向往。

一七一

马蹄过处,
　　蹴(cù)起如云的尘土；
据鞍顾盼,
　　平野青青——
只留下无穷的怅惘罢了,
　　英雄梦那许诗人做？

赏析　"如云的尘土"使用了比喻的修辞手法。诗人策马奔腾呈现出了一派豪迈之情,但诗人也发出了"英雄梦那许诗人做"的慨叹,言语中透露出一种无法用自己的力量改变时代的悲哀。

一七二

开函时——
　　正席地坐在花下,
一阵凉风
　　将看完的几张吹走了。
我只默默的望着,
　　听它吹到墙隅(yú)[墙角],
慰悦的心情
　　也和这纸儿一样的飞扬了！

赏析　信纸从手中被风吹走,诗人不忙着去捡拾,反而觉得趣味无穷,表现了诗人平静闲适的心情。

一七三

明月下
　　绿叶如云,
　　白衣如雪——

怎样的感人呵!

又况是别离之夜?

赏析 诗人运用了比喻的修辞手法,"明月""绿叶"作为环境来衬托别离的伤感,表达了诗人与朋友离别时的不舍。

一七四

青年人,

　　珍重的描写罢,

时间正翻着书页,

　　请你着笔!

赏析 诗歌开篇运用呼告手法,采用倒装句式,劝勉青年人要珍惜青春,惜时如金地创业,切莫虚度年华,要以自身的言行为自己书写历史。

知识考点

1.诗中"描写""着笔"两个词用得好不好?请说说你的看法。

2.联系全诗内容,说说你对"珍重"一词的理解。

3.诗人把人生比作可以描写的书页,你认为还可以把人生比作什么?请写出一个比喻句。

4.这首诗所要表达的主题是什么?

繁星·春水

5.诗末的感叹号有什么作用?

_____

_____

一七五

我怀疑的撒下种子去,

便闭了窗户默想着。

我又怀疑的开了窗,

岂止萌芽?

这青青之痕

还滋蔓到他人的园地里。

上帝呵!

感谢你"自然"的风雨!

赏析 诗歌前部分中的"怀疑""又怀疑",体现了诗人对种子的萌发不抱希望,对萌芽的生长蔓延更不做指望;而后文的"岂止""还",让诗人眼前一亮,心怀赞叹之情。这首诗通篇表现了诗人对青春、生命、大自然的歌颂与礼赞。

一七六

战场上的小花呵!

赞美你最深的爱!

冒险的开在枪林弹雨中,

慰藉了新骨。

赏析 花代表着宁静和谐之美,而它开在了战场之上,营造了一种冲突感极强的效果,加深了人们对战争的厌恶之情。同时,诗中用小花慰藉新骨,更突显了战争的残酷。

一七七

我的心忽然悲哀了!
　　昨夜梦见
　　　　独自穿着冰绡[薄而洁白的丝绸]之衣,
　　从汹涌的波涛中
　　　　渡过黑海。

赏析　一场梦魇,让诗人明白了人生的旅途不是一帆风顺,也会有惊涛骇浪。因而她借着这首诗,发出了感慨。

一七八

微阴的阶上,
　　只坐着自己——
绿叶呵!
　　玫瑰落尽,
诗人和你
　　　一同感出寂寥了。

赏析　"玫瑰落尽",诗歌以景物渲染出了一种萧索的氛围。只剩下诗人孤单一人独处,给人一种落寞之感。

一七九

明月!
　　完成了你的凄清了!
银光的田野里,
　　是谁隔着小溪
　　　吹起悠扬之笛?

赏析　"明月""田野""小溪""笛声",一派田园之景,全诗有声有色,动静结合,描绘出一幅意境深远的田园画卷。淡淡凄清之中蕴含诗

繁星·春水

人对自然美景的陶醉与享受。

一八〇

婴儿！
谁像他天真的颂赞？
　当他呢喃的
　　对着天末的晚霞，
无力的笔儿，
真当抛弃了。

赏析　婴儿是可爱的，他发出的呢喃之声，也是自然的声音。在这首诗里，诗人借此对童真以及自然进行了由衷的赞美。

一八一

襟上摘下花儿来，
　匆匆里
　就算是别离的赠品罢！

马已到门前了，
　要不是窗内听得她笑言，
　　错过也
　又几时重见？

赏析　听到她的笑声，摘花相赠，感谢没有错过这次相遇。人生有很多重要的人，错过就可能难以再见了。诗人借此表达了对命运无奈的感叹。

一八二

别了!
　春水,
感谢你一春潺潺的细流,
　带去我许多意绪[心意、情绪]。

向你挥手了,
缓缓地流到人间去罢。
我要坐在泉源边,
静听回响。

赏析　春天的山涧里,春水潺潺地流向人间。春水在这里象征着希望。诗人感谢每一首小诗陪伴着自己,祝愿小诗像春水般流向人间,得到世人的共鸣,给予人们蓬勃向上的精神力量。

一九二二年三月五日——六月十四日

(原载 1922 年 3 月 21 日——6 月 30 日《晨报副镌》)

寄小读者 节选

JIXIAODUZHE JIEXUAN

通讯一

> **M 名师导读**
>
> 　　冰心时刻牵挂着孩子们,就像牵挂自己的亲人一样。一份遥远的惦念充满温情,也充满了淡淡的别离的伤感。

似曾相识的小朋友们:

　　我以抱病又将远行之身,此三两月内,自分已和文字绝缘;因为昨天看见《晨报》副刊上已特辟了"儿童世界"一栏,欣喜之下,便借着软弱的手腕,生疏的笔墨,来和可爱的小朋友,作第一次的通讯。【名师点睛:开篇陈述动笔的艰难,突出作者与小读者交流的渴望。】

　　在这开宗明义的第一信里,请你们容我在你们面前介绍我自己。我是你们天真队里的一个落伍者——然而有一件事,是我常常用以自傲的:就是我从前也曾是一个小孩子,现在还有时仍是一个小孩子。为着要保守这一点天真直到我转入另一世界时为止,我恳切的希望你们帮助我,提携我,我自己也要永远勉励着,做你们的一个最热情最忠实的朋友!

　　小朋友,我要走到很远的地方去。我十分的喜欢有这次的远行,因为或者可以从旅行中多得些材料,以后的通讯里,能告诉你们些略为新奇的事情。——我去的地方,是在地球的那一边。我有三个弟弟,最小的十三岁了。他念过地理,知道地球是圆的。他开玩笑的和我说:"姊姊,你走了,我们想你的时候,可以拿一条很长的竹竿子,从我们的院子里,直穿到对面你们的院子去,穿成一个孔穴。我们从那孔穴里,可以彼此看见。我看看你别后是否胖了,或是瘦了。"小朋友想这是可能的事情么?——我又有一个小朋友,今年四岁了。他有一天问

149

> 繁星·春水

我说:"姑姑,你去的地方,是比前门还远么?"小朋友看是地球的那一边远呢?还是前门远呢?【名师点睛:通过对两个孩子的语言描写,说明对孩子来说世界很小,也很单纯,但是在小孩子单纯的世界里也蕴含着对亲人离别的不舍和思念。】

我走了——要离开父母兄弟,一切亲爱的人。虽然是时期很短,我也已觉得很难过。倘若你们在风晨雨夕,在父亲母亲的膝下怀前,姊妹弟兄的行间队里,快乐甜柔的时光之中,能联想到海外万里有一个热情忠实的朋友,独在恼人凄清的天气中,不能享得这般浓福,则你们一瞥时的天真的怜念,从宇宙之灵中,已遥遥地付与我以极大无量的快乐与慰安!

小朋友,但凡我有工夫,一定不使这通讯有长期间的间断。若是间断的时候长了些,也请你们饶恕我。因为我若不是在童心来复的一刹那顷拿起笔来,我决不敢以成人烦杂之心,来写这通讯。这一层是要请你们体恤怜悯的。【写作借鉴:首尾呼应,呼应第一段所传达的渴望与小读者交流的想法。】

这信该收束了,我心中莫可名状,我觉得非常的荣幸!

冰心

一九二三年七月二十五日

通讯二

> **M 名师导读**
>
> 童年的冰心是那样爱惜一切生命,但如今远离了童年,冰心的心灵也走向了"堕落",竟然打死了一只无辜的老鼠。为这件事,冰心愧疚了一年多。

小朋友们:

我极不愿在第二次的通讯里,便劈头告诉你们一件伤心的事情。然而这件事,从去年起,使我的灵魂受了隐痛,直到现在,不容我不在纯洁的小朋友面前忏悔。

去年的一个春夜——很清闲的一夜,已过了九点钟了,弟弟们都已去睡觉,只我的父亲和母亲对坐在圆桌旁边,看书,吃果点,谈话。我自己也拿着一本书,倚在椅背上站着看。那时一切都很和柔,很安静的。

一只小鼠,悄悄地从桌子底下出来,慢慢地吃着地上的饼屑。这鼠小得很,它无猜的,坦然的,一边吃着,一边抬头看着我——我惊悦地唤起来,母亲和父亲都向下注视了。四面眼光之中,它仍是怡然的不走,灯影下照见它很小很小,浅灰色的嫩毛,灵便的小身体,一双闪烁的明亮的小眼睛。【写作借鉴:动作描写,活灵活现地表现了小老鼠的情状。】

小朋友们,请容我忏悔!一刹那顷我神经错乱地俯将下去,拿着手里的书,轻轻地将它盖上。——上帝!它竟然不走。隔着书页,我觉得它柔软的小身体,无抵抗的蜷伏在地上。

这完全出于我意料之外了!我按着它的手,方在微颤——母亲

繁星·春水

已连忙说:"何苦来!这么驯良有趣的一个小活物……"【名师点睛:母亲的话语中表露出仁爱之心。】

话犹未了,小狗虎儿从帘外跳将进来,父亲也连忙说:"快放手,虎儿要得着它了!"我又神经错乱地拿起书来,可恨呵!它仍是怡然的不动。——一声喜悦的微吼,虎儿已扑着它,不容我唤住,已衔着它从帘隙里又钻了出去。出到门外,只听得它在虎儿口里微弱凄苦地啾啾地叫了几声,此后便没有了声息。——前后不到一分钟,这温柔的小活物,使我心上飕地着了一箭!

我从惊惶中长吁了一口气。母亲慢慢也放下手里的书,抬头看着我说:"我看它实在小得很,无机得很。否则一定跑了。初次出来觅食,不见回来,它母亲在窝里,不定怎样的想望呢。"

小朋友,我堕落了,我实在堕落了!我若是和你们一般年纪的时候,听得这话,一定要慢慢地挪过去,突然地扑在母亲怀中痛哭。然而我那时……小朋友们恕我!我只装作不介意的笑了一笑。

安息的时候到了,我回到卧室里去。勉强的笑,增加了我的罪孽,我徘徊了半天,心里不知怎样才好——我没有换衣服,只倚在床沿,伏在枕上,在这种状态之下,静默了有十五分钟——我至终流下泪来。

【名师点睛:从"勉强的笑"到"至终流下泪",凸显了此时作者内心所受的煎熬与痛苦。】

至今已是一年多了,有时读书至夜深,再看见有鼠子出来,我总觉得忧愧,几乎要避开。我总想是那只小鼠的母亲,含着伤心之泪,夜夜出来找它,要带它回去。

不但这个,看见虎儿时想起,夜坐时也想起,这印象在我心中时时作痛。有一次禁受不住,便对一个成人的朋友,说了出来;我拼着受她一场责备,好减除我些痛苦。不想她却失笑着说:"你真是越来越孩子气了,针尖大的事,也值得说说!"她漠然的笑容,竟将我以下的话,拦了回去。从那时起,我灰心绝望,我没有向第二个成人,再提

起这针尖大的事!【名师点睛:将成人朋友的话和"我"的感受做对比,表现了作者对成人"堕落"的失望。】

我小时曾为一头折足的蟋蟀流泪,为一只受伤的黄雀呜咽;我小时明白一切生命,在造物者眼中是一般大小的;【名师点睛:文章结尾点明中心思想。】我小时未曾做过不仁爱的事情,但如今堕落了……

今天都在你们面前陈诉承认了,严正的小朋友,请你们裁判罢!

冰心
一九二三年七月二十八日,北京

Z 知识考点

1.填空题。

去年的一个春夜,一只_____悄悄地从桌子底下钻出来,吃着地上的饼干屑,最终被小狗_____吃掉。这件事发生后,"我"刚开始只是_____,最终却_____。

2.判断题。

(1)作者认为小老鼠的生命很渺小,即使被吃掉也没什么。(　　)

(2)作者小时曾为一头折足的蟋蟀流泪,为一只受伤的黄雀呜咽。(　　)

3.问答题。

作者在文中几次写到老鼠"不走",这样写有什么作用?

_____

_____

Y 阅读与思考

1.童年的"我"是一个怎样的人?

2.文中多次出现"忏悔"一词,从中表达了作者怎样的思想感情?

繁星·春水

通讯三

> **M 名师导读**
>
> 　　冰心离家远行,与家中的孩子们离别,心中十分不舍。即使到了风景优美的地方,她也依然无法忘怀她的弟弟们和小朋友,因为他们那份天真纯朴的感情,就和大自然一样,具有清新的美。

亲爱的小朋友:

　　昨天下午离开了家,我如同入梦一般。车转过街角的时候,我回头凝望着——除非是再看见这绿满豆叶的棚下的一切亲爱的人,我这梦是不能醒的了!

　　送我的尽是小孩子——从家里出来,同车的也是小孩子,车前车后也是小孩子。我深深觉得凄恻中的光荣。冰心何福,得这些小孩子天真纯洁的爱,消受这甚深而不牵累的离情。

　　火车还没有开行,小弟弟冰季别到临头,才知道难过,不住地牵着冰叔的衣袖,说:"哥哥,我们回去吧。"他酸泪盈眸,远远地站着。我叫过他来,捧住了他的脸,我又无力地放下手来,他们便走了。——我们至终没有一句话。【名师点睛:通过对姐弟间的动作描写,表明离别之时难舍的亲情。】

　　慢慢的火车出了站,一边城墙,一边杨柳,从我眼前飞过。我心沉沉如死,倒觉得廓然,便拿起国语文学史来看。刚翻到"卿云烂兮"一段,忽然看见书页上的空白处写着几个大字:"别忘了小小。"我的心忽然一酸,连忙抛了书,走到对面的椅子上坐下——这是冰季的笔迹呵!小弟弟,如何还困弄我于别离之后?

　　夜中只是睡不稳,几次坐起,开起窗来,只有模糊的半圆的月,照着深黑无际的田野。——车只风驰电掣的,轮声轧轧里,奔向着无限的前途。明月和我,一步一步地离家远了!

今早过济南,我五时便起来,对窗整发。外望远山连绵不断,都没在朝霭里,淡到欲无。只浅蓝色的山峰一线,横亘天空。山坳里人家的炊烟,蒙蒙的屯在谷中,如同云起。朝阳极光明地照临在无边的整齐青绿的田畴上。我梳洗毕凭窗站了半点钟,在这庄严伟大的环境中,我只能默然低头,赞美万能智慧的造物者。

过泰安府以后,朝露还零。各站台都在浓阴之中,最有古趣、最清幽。到此我才下车稍稍散步,远望泰山,悠然神往。默诵"高山仰止,景行行止,虽不能至,心向往之"四句,反复了好几遍。

自此以后,站台上时闻皮靴拖踏声,刀枪相触声,又见黄衣灰衣的兵丁,成队地来往梭巡。我忽然忆起临城劫车的事,知道快到抱犊冈了,我切愿一见那些持刀背剑来去如飞的人。我这时心中只憧憬着梁山泊好汉的生活,武松林冲鲁智深的生活。我不是羡慕什么分金阁,剥皮亭,我羡慕那种激越豪放、大刀阔斧的胸襟!

因此我走出去,问那站在两车挂接处荷枪带弹的兵丁。他说快到临城了,抱犊冈远在几十里外,车上是看不见的。他和我说话极温和,说的是纯正的山东话。<u>我如同远客听到乡音一般,起了无名的喜悦。</u>【名师点睛:心理描写,表现了作者离别后对家乡的思念。】——山东是我灵魂上的故乡,我只喜欢忠恳的山东人,听那生怯的山东话。

一站一站地近江南了,我旅行的快乐,已经开始。这次我特意定的自己一间房子,为的要自由一些,安静一些,好写些通讯。我靠在长枕上,近窗坐着。向阳那边的窗帘,都严严地掩上。对面一边,为要看风景,便开了一半。凉风徐来,这房里寂静幽阴已极。除了单调的轮声以外,与我家中的书室无异。窗内虽然没有满架的书,而窗外却旋转着伟大的自然。笔在手里,句在心里,只要我不按铃,便没有人进来搅我。龚定庵有句云:"……都道西湖清怨极,谁分这般浓福?……"今

> 繁星·春水

早这样恬静喜悦的心境,是我所梦想不到的。书此不但自慰,并以慰弟弟们和记念我的小朋友。

冰心
一九二三年八月四日,津浦道中

Z 知识考点

1.填空题。

"我"即将离开家乡去_____时,送"我"的尽是_____,"我"觉得他们对"我"的爱十分_____。

2.判断题。

(1)临近江南,已有友人特意为"我"定了一间房子,这会更自由,更安静一些,也好写作。　　　　　　　　　　　　　　　　　（　　）

(2)路过济南时,"我"看到窗外的景色,默然低头,赞美万能智慧的造物者。

（　　）

3.问答题。

"我"为什么特意定的自己一间房子？"我"对这间房子满意吗？

_____

_____

Y 阅读与思考

1."我"一路下江南,都写了途中的哪些细节？请用自己的话说一说。

2."我"写这篇通讯时的心境是怎样的？

通讯四

📖 名师导读

  一路南下,冰心见到了沿途万分迷人的自然风光,以及人们与大自然和谐相处的画面。而到了上海,亲人们的温情又使冰心感到十分宽慰。

小朋友:

  好容易到了临城站,我走出车外。只看见一大队兵,打着红旗,上面写着"……第二营……",又放炮仗,又吹喇叭;此外站外只是远山田垄,更没有什么。我很失望,我竟不曾看见一个穿夜行衣服,带镖背剑,来去如飞的人。

  自此以南,浮云蔽日。轨道旁时有小湫。也有小孩子,在水里洗澡游戏。更有小女儿,戴着大红花,坐在水边树底作活计,那低头穿线的情景,煞是温柔可爱。【名师点睛:对小男孩水中嬉戏和小女孩树底做活计的描写,体现了作者对孩子的喜爱和关注。】

  过南宿州至蚌埠,轨道两旁,雨水成湖。湖上时有小舟来往。无际的微波,映着落日,那景物美到不可描画。——自此人们的口音,渐渐地改了,我也渐渐地觉得心怯,也不知道为什么。【名师点睛:听不到乡音,作者的心渐渐胆怯,体现了作者对家乡的依恋。】

  过金陵正是夜间,上下车之顷,只见隔江灯火灿然。我只想象着城内的秦淮莫愁,而我所能看见的,只是长桥下微击船舷的黄波浪。

  五日绝早过苏州。两夜失眠,烦困已极,而窗外风景,浸入我倦乏的心中,使我悠然如醉。江水伸入田垄,远远几架水车,一簇一簇的茅亭农舍。树围水绕,自成一村。水漾轻波,树枝低亚。当几个农妇挑着担儿,荷着锄儿,从那边走过之时,真不知是诗是画!【名师点

157

繁星·春水

睛：如画的美景暂时能宽慰作者因离家而导致的失眠、困倦，也能让作者的心情得到舒缓。】

有时远见大江，江帆点点，在晓日之下，清极秀极。我素喜北方风物，至此也不得不倾倒于江南之雅澹温柔。

晨七时半到了上海，又有小孩子来接，一声"姑姑"，予我以无限的欢喜——到此已经四五天了，休息之后，俗事又忙个不了。今夜夜凉如水，灯下只有我自己。在此静夜极难得，许多姊妹兄弟，知道我来，多在夜间来找我乘凉闲话。我三次拿起笔来，都因门环响中止，凭阑下视，又是哥哥姊姊来看望我的。我慰悦而又惆怅，因为三次延搁了我所乐意写的通讯。

这只是沿途的经历，感想还多，不愿在忙中写过，以后再说。夜深了，容我说晚安罢！

冰心

一九二三年八月九日，上海

通讯五

M 名师导读

在路过蚌埠的时候，冰心遇到了一对母女，母亲对任性撒娇女儿的怜爱、斥责勾起了冰心对母亲的思念以及对离家前那段往事的回忆。

小朋友：

早晨五时起来，趁着人静，我清明在躬之时，来写几个字。

这次过蚌埠，有母女二人上车，茶房直引她们到我屋里来。她们带着好几个提篮，内中一个满圈着小鸡，那时车中热极，小鸡都纷纷的伸出头来喘气，那个女儿不住的又将它们按下去。她手脚匆忙，好

158

似弹琴一般。那女儿二十上下年纪，穿着一套麻纱的衣服，一脸的麻子，又满扑着粉，头上手上戴满了簪子，耳珥，戒指，镯子之类，说话时善能作态。我那时也不知是因为天热，心中烦躁，还是什么别的缘故，只觉得那女孩儿太不可爱。我没有同她招呼，只望着窗外，一回头正见她们谈着话，那女孩儿不住撒娇撒痴的要汤要水；她母亲穿一套青色香云纱的衣服，五十岁上下，面目蔼然，和她谈话的态度，又似爱怜，又似斥责。我旁观忽然心里难过，趁有她们在屋，便走了出去——小朋友！我想起我的母亲，不觉凭在甬道的窗边，临风偷洒了几点酸泪。【写作借鉴：触景生情，作者路遇一对母女，由女儿向母亲撒娇的情景，因而想到自己的母亲，勾起了作者对母亲的思念，思绪万千。】

请容我倾吐，我信世界上只有你们不笑话我！我自从去年得有远行的消息以后，我背着母亲，天天数着日子。日子一天一天的过了，我也渐渐的瘦了。大人们常常安慰我说："不要紧的，这是好事！"我何尝不知道是好事？叫我说起来，恐怕比他们说的还动听。然而我终竟是个弱者，弱者中最弱的一个。我时常暗恨我自己！临行之前，到姨母家里去，姨母一面张罗我就坐吃茶，一面笑问："你走了，舍得母亲么？"我也从容的笑说："那没有什么，日子又短，那边还有人照应。"——等到姨母出去，小表妹忽然走到我面前，两手按住我的膝上，仰着脸说："姊姊，是么？你真舍得母亲么？"我那时忽然禁制不住，看着她那智慧诚挚的脸，眼泪直奔涌了出来。我好似要坠下深崖，求她牵援一般，我紧握着她的小手，低声说："不瞒你说，妹妹，我舍不得母亲，舍不得一切亲爱的人！"【写作借鉴：通过动作描写和语言描写，表现出临行前作者对家人的不舍。】

小朋友！大人们真是可钦羡的，他们的眼泪是轻易不落下来的，他们又勇敢，又大方。在我极难过的时候，我的父亲母亲，还能从容不迫的劝我。虽不知背地里如何，那时总算体恤，坚忍，我感激至于无地！

▶ 繁星·春水

我虽是弱者,我还有我自己的傲岸,我还不肯在不相干的大人前,披露我的弱点。行前和一切师长朋友的谈话,总是喜笑着说的。我不愿以我的至情,来受他们的讥笑。然而我却愿以此在老天爷和小朋友面前乞得几点神圣的同情的眼泪!【名师点睛:在作者看来,老天爷和小朋友都是纯洁真挚的,所以作者愿意在他们面前敞开心扉,表露自己最真实的情感。】

窗外是斜风细雨,写到这时,我已经把持不住。同情的小朋友,再谈罢!

冰心
一九二三年八月十二日,上海

Z 知识考点

1.填空题。

路过_____时,遇到母女二人,那女儿二十上下年纪,穿着一套麻纱的衣服。她母亲穿一套青色香云纱的衣服,_____上下,面目蔼然,和她谈话的态度,又似_____,又似_____。

2.判断题。

(1)姨母问"我"是否舍得母亲时,"我"从容的笑说"没有什么",此时的"我"并不依恋母亲。（   ）

(2)"我"十分软弱,经常在亲人面前表露自己的情绪。（   ）

3.问答题。

"我"的父亲母亲为什么能在"我"要离家时从容不迫地劝"我"?

_____
_____

Y 阅读与思考

1."我虽是弱者,我还有我自己的傲岸,我还不肯在不相干的大人前,

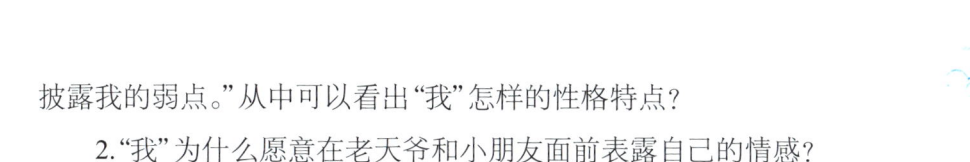

披露我的弱点。"从中可以看出"我"怎样的性格特点?

2."我"为什么愿意在老天爷和小朋友面前表露自己的情感?

通讯六

M 名师导读

大人们做的事情是孩子们所不明白的,也正是因为大人们做的这些事情,最终使他们失去了孩童时代的快乐。不要去管大人们的思想,把自己积蓄的秘密写出来,分享给天下的小朋友吧。

小朋友:

你们读到这封信时,我已离开了可爱的海棠叶形的祖国,在太平洋舟中了。我今日心厌凄恋的言词,再不说什么话,来撩乱你们简单的意绪。

小朋友,我有一个建议:"儿童世界"栏,是为儿童辟的,原当是儿童写给儿童看的。我们正不妨得寸进寸,得尺进尺的,竭力占领这方土地。有什么可喜乐的事情,不妨说出来,让天下小孩子一同笑笑;有什么可悲哀的事情,也不妨说出来,让天下小孩子陪着哭哭。只管坦然公然的,大人前无须畏缩。——小朋友,这是我们积蓄的秘密,容我们低声匿笑的说罢!大人的思想,竟是极高深奥妙的,不是我们所能以测度的。不知道为什么,他们的是非,往往和我们的颠倒。往往我们所以为刺心刻骨的,他们却雍容谈笑的不理;我们所以为渺小无关的,他们却以为是惊天动地的事功。【名师点睛:人的行为和思想方式变了,感知幸福的能力也就越来越弱,对于世界的看法和是非观自然就变了。】比如说罢,开炮打仗,死了伤了几万几千的人,血肉模糊的卧在地上。我们不必看见,只要听人说了,就要心悸,夜里要睡不着,或是说吃语的；他们却不但不在意，而且很喜欢操纵这些事。又如我们觉得老大的中国，不拘谁做总统，只要他老老实实，治抚得大家平平安安的，不妨碍我们的游戏，我们就心满意足了；而大人们却奔走辛苦地谈论这件事，他举他，他推他，乱个不了，比我们玩耍时举"小人王"还难。【写作借鉴：用生活中的例子来证明"大人前无须畏缩"这一句的含义，使孩子更容易理解作者在讲些什么。】总而言之，他们的事，我们不敢管，也不会管；我们的事，他们竟是不屑管。所以我们大可畅胆的谈谈笑笑，不必怕他们笑话。——我的话完了，请小朋友拍手赞成！

我这一方面呢？除了一星期后，或者能从日本寄回信来之外，往后两个月中，因为道远信件迟滞的关系，恐怕不能有什么消息。秋风渐凉，最宜书写，望你们努力！

在上海还有许多有意思的事，要报告给你们，可惜我太忙，大约要留着在船上，对着大海，慢慢地写，请等待着。

小朋友！明天午后，真个别离了！愿上帝无私照临的爱光，永远包围着我们，永远温慰着我们。

别了，别了，最后的一句话，愿大家努力做个好孩子！

冰心
一九二三年八月十六日，上海

通讯七

名师导读

冰心乘坐"约克逊"号离开祖国，驶入一片茫茫大海。在海上，她看到了奇景，但也因为奇景产生了奇异的眷恋之情。

亲爱的小朋友：

八月十七的下午，约克逊号邮船无数的窗眼里，飞出五色飘扬的纸带，远远地抛到岸上，任凭送别的人牵住的时候，我的心是如何的飞扬而凄恻！

痴绝的无数的送别者，在最远的江岸，仅仅牵着这终于断绝的纸条儿，放这庞然大物，载着最重的离愁，飘然西去！

船上生活，是如何的清新而活泼。除了三餐外，只是随意游戏散步。海上的头三日，我竟完全回到小孩子的境地中去了，套圈子，抛沙袋，乐此不疲，过后又绝然不玩了。后来自己回想很奇怪，无他，海唤起了我童年的回忆，海波声中，童心和游伴都跳跃到我脑中来。我十分的恨这次舟中没有几个小孩子，使我童心来复的三天中，有无猜畅好的游戏！【名师点睛：波涛唤起了作者对于童年生活的回忆。】

我自少住在海滨，却没有看见过海平如镜。这次出了吴淞口，一天的航程，一望无际尽是粼粼的微波。凉风习习，舟如在冰上行。到过了高丽[朝鲜半岛]界，海水竟似湖光。蓝极绿极，凝成一片。斜阳的金光，长蛇般自天边直接到阑旁人立处。上自穹苍，下至船前的水，自浅红至于深翠，幻成几十色，一层层，一片片漾开了来。【名师点睛：用色彩搭配出的大海，美得让人眼前一亮。】……小朋友，恨我不能画，文字竟是世界上最无用的东西，写不出这空灵的妙景！

八月十八夜，正是双星渡河之夕。晚餐后独倚阑旁，凉风吹衣。银河一片星光，照到深黑的海上。远远听得楼阑下人声笑语，忽然感到家乡渐远。繁星闪烁着，海波吟啸着，凝立悄然，只有惆怅。

十九日黄昏，已近神户，两岸青山，不时的有渔舟往来。【名师点睛：按时间顺序随着行踪摄取海阔天空的美妙景色，真切抒发了作者的感受。】日本的小山多半是圆扁的，大家说笑，便道是"馒头山"。这馒头山沿途点缀，直到夜里，远望灯光灿然，已抵神户。船徐徐停住，便有许多人上岸去。我因太晚，只自己又到最高层上，初次看见这般璀

163

繁星·春水

璨的世界，天上微月的光，和星光，岸上的灯光，无声相映。不时的还有一串光明从山上横飞过，想是火车周行。……舟中寂然，今夜没有海潮音，静极心绪忽起："倘若此时母亲也在这里……"我极清晰的忆起北京来，小朋友，恕我，不能往下再写了。【名师点睛：抒发了作者对祖国、故乡、亲人的思念之情。】

冰心

一九二三年八月二十日，神户

朝阳下转过一碧无际的草坡，穿过深林，已觉得湖上风来，湖波不是昨夜欲睡如醉的样子了。——悄然地坐在湖岸上，伸开纸，拿起笔，抬起头来，四围红叶中，四面水声里，我要开始写信给我久违的小朋友。小朋友猜我的心情是怎样的呢？【名师点睛：高洁真挚的情感洋溢在写给少年朋友的亲切话语之中。】

水面闪烁着点点的银光，对岸意大利花园里亭亭层列的松树，都证明我已在万里外。小朋友，到此已逾一月了，便是在日本也未曾寄过一字，说是对不起呢，我又不愿！

我平时写作，喜在人静的时候。船上却处处是公共的地方，舱面阑边，人人可以来到。海景极好，心胸却难得清平。我只能在晨间绝早，船面无人时，随意写几个字，堆积至今，总不能整理，也不愿草草整理，便迟延到了今日。我是尊重小朋友的，想小朋友也能尊重原谅我！【名师点睛：言语中足见作者对小朋友的坦诚和尊重。】

许多话不知从哪里说起，而一声声打击湖岸的微波，一层层的没上杂立的潮石，直到我蔽膝的毡边来，似乎要求我将她介绍给我的小朋友。小朋友，我真不知如何的形容介绍她！她现在横在我的眼前。湖上的月明和落日，湖上的浓阴和微雨，我都见过了，真是仪态万千。小朋友，我的亲爱的人都不在这里，便只有她——海的女儿，能慰安我了。Lake Waban，谐音会意，我便唤她做"慰冰"。每日黄昏的游泛，舟轻如羽，水柔如不胜桨。岸上四围的树叶，绿的，红的，黄的，白的，一丛一丛的倒影到水中来，覆盖了半湖秋水。夕阳下极其艳冶，极其柔媚。将落的金光，到了树梢，散在湖面。【名师点睛：落日金光映照下艳冶的湖色处处都和前文的海景形成鲜明的对照。】我在湖上光雾中，低低的嘱咐它，带我的爱和慰安，一同和它到远东去。

小朋友！海上半月，湖上也过半月了，若问我爱哪一个更甚，这却难说。——海好像我的母亲，湖是我的朋友。我和海亲近在童年，和湖亲近是现在。海是深阔无际，不着一字，她的爱是神秘而伟大的，我对她的爱是归心低首的。湖是红叶绿枝，有许多衬托，她的爱是温和妩媚的，我对她的爱是清淡相照的。【写作借鉴：运用比喻的修辞手法，把海和湖分别比作母亲和朋友，表达了作者对亲人的怀念。】这也许太抽象，然而我没有别的话来形容了！

小朋友，两月之别，你们自己写了多少，母亲怀中的乐趣，可以说来让我听听么？——这便算是沿途书信的小序，此后仍将那写好的信，按序寄上，日月和地方，都因其旧，"弱游"的我，如何自太平洋西岸的上海绕到大西洋西岸的波士顿来，这些信中说得很清楚，请在那里看罢！

不知这几百个字，何时方达到你们那里，世界真是太大了！

冰心

一九二三年十月十四日，慰冰湖畔，威尔斯利

知识考点

1.填空题。

船上生活除了三餐外，只是随意_____。海上的头三日，"我"完全回到_____的境地中，套圈子，抛沙袋，乐此不疲，因为_____。

繁星·春水

2.判断题。

（1）"我"十分喜欢海上的景色,恨自己不能把这样的景色画下来。

（　　）

（2）湖和海相比,"我"更喜欢海。　　　　　　　　（　　）

3.问答题。

在作者眼中,海与湖各有什么样的特点?

___

___

阅读与思考

在本篇通讯中,作者说自己"恨"孩子们,这是真的吗？如果不是,作者为什么这样说？

通讯八

名师导读

　　读中国诗词,让冰心忘记自己身在异乡。离开家乡才知道自己有多么热爱它,这是很多海外游子的共同心声。想起家乡往事,冰心希望弟弟们好好珍惜眼前的生活。

亲爱的弟弟们:

　　波士顿一天一天地下着秋雨,好像永没有开晴的日子。落叶红的黄的堆积在小径上,有一寸来厚,踏下去又湿又软。湖畔是少去的了,然而还是一天一遭。很长很静的道上,自己走着,听着雨点打在伞上的声音。有时自笑不知这般独往独来,冒雨迎风,是何目的! 走到了,石矶上,树根上,都是湿的,没有坐处,只能站立一会儿,望着蒙蒙的雾。湖水白极淡极，四围湖岸的树，都隐没不见，看不出湖的大小，倒觉得神秘。

回来已是天晚，放下绿帘，开了灯，看中国诗词和新寄来的晨报副镌，看到亲切处，竟然忘却身在异国。听得敲门，一声"请进"，回头却是金发蓝睛的女孩子，笑颊粲然地立于明灯之下，常常使我猛觉，笑而吁气！

正不知北京怎样，中国又怎样了？怎么在国内的时候，不曾这样的关心？——前几天早晨，在湖边石上读华兹华斯（Wordsworth）[英国浪漫主义诗人]的一首诗，题目是《我在不相识的人中间旅行》：

I Travelled among Unknown Men

I travelled among unknown Men,
In land beyond the sea;
Nor, England! did I know till then
What love I bore to thee.

大意是：
直至到了海外，
在不相识的人中间旅行；
英格兰！我才知道我付与你的
是何等样的爱。

读此使我恍然如有所得，又怅然如有所失。是呵，不相识的！湖畔归来，远远几簇楼窗的灯火，繁星般的灿烂，但不曾与我以丝毫慰藉的光气！

想起北京城里此时街上正听着卖葡萄、卖枣的声音呢！我真是不堪，在家时黄昏睡起，秋风中听此，往往凄动不宁。有一次似乎是星

繁星·春水

期日的下午,你们都到安定门外泛舟去了,我自己廊上凝坐,秋风侵衣。一声声卖枣声墙外传来,觉得十分暗淡无趣。正不解为何这般寂寞,忽然你们的笑语喧哗也从墙外传来,我的惆怅,立时消散。自那时起,我承认你们是我的快乐和慰安,我也明白只要人心中有了春气,秋风是不会引人愁思的。但那时却不曾说与你们知道。今日偶然又想起来,这里虽没有卖葡萄甜枣的声响,而窗外风雨交加。——为着人生,不得不别离,却又禁不起别离,你们何以慰我?……一天两次,带着钥匙,忧喜参半地下楼到信橱前去,隔着玻璃,看不见一张白纸。又近看了看,实在没有。无精打采地挪上楼来,不止一次了!明知万里路,不能天天有信,而这两次终不肯不走,你们何以慰我?【名师点睛:作者明知道不会有信,仍然每天去信箱看两次,表现作者对亲人和故乡的思念。】

夜渐长了,正是读书的好时候,愿隔着地球,和你们一同勉励着在晚餐后一定的时刻用功。只恐我在灯下时,你们却在课室里——回家千万常在母亲跟前!这种光阴是贵过黄金的,不要轻轻抛掷过去,要知道海外的姊姊,是如何地羡慕你们!——往常在家里,夜中写字看书,只管漫无限制,横竖到了休息时间,父亲或母亲就会来催促的,搁笔一笑,觉得乐极。如今到了夜深人倦的时候,只能无聊地自己收拾收拾,去做那还乡的梦。弟弟!想着我,更应当尽量消受你们眼前欢愉的生活!【写作借鉴:将自己眼前的情景与弟弟们在家的情景相对比,表现作者对与家人相聚的渴望。】

菊花上市,父亲又忙了。今年种得多不多?我案头只有水仙花,还没有开,总是含苞,总是希望,当常引起我的喜悦。

快到晚餐的时候了。美国的女孩子,真爱打扮,尤其是夜间。第一遍钟响,就忙着穿衣敷粉,纷纷晚妆。夜夜晚餐桌上,个个花枝招展的。"巧笑倩兮,美目盼兮,彼美人兮,西方之人兮。"我曾戏译这四句诗给她们听。横三聚五地凝神向我,听罢相顾,无不欢笑。

不多说什么了,只有"珍重"二字,愿彼此牢牢守着!

冰心

一九二三年十月二十四日夜,闭壁楼

倘若你们愿意,不妨将这封信分给我们的小朋友看看。途中书信,正在整理,一两天内,不见得能写寄。将此塞责,也是慰情聊胜无呵!又书。

通讯九

名师导读

> 冰心生病住院,没有时间给小读者写信,他的弟弟将她在病中写给爸爸的信公开。从这封信中我们可以感受到冰心在病中仍然热爱自然、热爱生活的良好心态,同时,我们也感受到她对父亲和故乡的思念。

这是我姊姊由病院寄给父亲的一封信,描写她病中的生活和感想,真是比日记还详。我想她病了,一定不能常写信给"儿童世界"的小读者。也一定有许多的小读者,希望得着她的消息。所以我请于父亲,将她这封信发表。父亲允许了,我就略加声明当做小引,想姊姊不至责我多事?

一九二四年一月二十二日,冰仲,北京交大

亲爱的父亲:

我不愿告诉我的恩慈的父亲,我现在是在病院里;然而尤不愿有我的任一件事,隐瞒着不叫父亲知道!横竖信到日,我一定已经痊愈,病中的经过,正不妨作记事看。

自然又是旧病了,这病是从母亲来的。我病中没有分毫不适,我只感谢上苍,使母亲和我的体质上,有这样不模糊的连结。血赤是我

繁星·春水

们的心，是我们的爱，我爱母亲，也并爱了我的病！【名师点睛：作者与母亲血脉相连，同病相怜，但她还是深爱母亲，感谢上苍，体现了她有一颗感恩的心。】

前两天的夜里——病院中没有日月，我也想不起来——S女士请我去晚餐。在她小小的书室里，灭了灯，燃着闪闪的烛，对着熊熊的壁炉的柴火，谈着东方人的故事。——一回头我看见一轮淡黄的月，从窗外正照着我们；上下两片轻绡似的白云，将她托住。S女士也回头惊喜赞叹，匆匆地饮了咖啡，披上外衣，一同走了出去。——原来不仅月光如水，疏星也在天河边闪烁。

她指点给我看：那边是织女，那个是牵牛，还有仙女星，猎户星，孪生的兄弟星，王后星，末后她悄然地微笑说："这些星星方位和名字，我一一牢牢记住。到我衰老不能行走的时候，我卧在床上，看着疏星从我窗外度过，那时便也和同老友相见一般的喜悦。"她说着起了微喟。月光照着她飘扬的银白的发，我已经微微地起了感触：如何的凄清又带着诗意的句子呵！

我问她如何会认得这些星辰的名字，她说是因为她的弟弟是航海家的缘故，这时父亲已横上我的心头了！【名师点睛：触景生情，因朋友提及弟弟而想到了自己的父亲，引发对往事的回忆。】

记否去年的一个冬夜，我同母亲夜坐，父亲回来得很晚。我迎着走进中门，朔风中父亲带我立在院里，也指点给我看：这边是天狗，那边是北斗，那边是箕星。那时我觉得父亲的智慧是无限的，知道天空缥缈之中，一切微妙的事——又是一年了！

月光中S女士送我回去，上下的曲径上，缓缓地走着。我心中悄然不怡——半夜便病了。

早晨还起来，早餐后又卧下。午后还上了一课，课后走了出来，天气好似早春，慰冰湖波光荡漾。我慢慢地走到湖旁，临流坐下，觉得弱又无聊。晚霞和湖波的细响，勉强振起我的精神来，黄昏时才回去。夜里九时,她们发觉了,立时送我入了病院。

医院是在小山上学校的范围之中,夜中到来看不真切。医生和看护妇在灯光下注视着我的微微的笑容,使我感到一种无名的感觉。——一夜很好,安睡到了天晓。

早晨绝早,看护妇抱着一大束黄色的雏菊,是闭璧楼同学送来的。我忽然下泪,忆起在国内病时床前的花了——这是第一次。【名师点睛:身在异国他乡且在病中的作者收到同学们的花,感动得流下泪水,却因此触发思乡之情。】

这一天中睡的时候最多,但是花和信,不断的来,不多时便屋里满了清香。玫瑰也有,菊花也有,还有许多不知名的。每封信都很有趣味,但信末的名字我多半不认识。因为同学多了,只认得面庞,名字实在难记!

我情愿在这里病,饮食很精良,调理得又细心。我一切不必自己劳神,连头都是人家替我梳的。我的床一日推移几次,早晨便推近窗前。外望看见礼拜堂红色的屋顶和塔尖,看见图书馆,更隐隐地看见了慰冰湖对岸秋叶落尽,楼台也露了出来。近窗有一株很高的树,不知道是什么名字。昨日早上,我看见一只红头花翎的啄木鸟,在枝上站着,好一会儿才飞走。又看见一头很小的松鼠,在上面往来跳跃。

【名师点睛:身在病中也没有沮丧,反而用一种闲适的心情来看待万物,舒缓心情,表现了作者对大自然的喜爱和旷达的胸襟。】

从看护妇递给我的信中,知道许多师长同学来看我,都被医生拒绝了。我自此便闭居在这小楼里——这屋里清雅绝尘,有加无已的花,把我围将起来。我神志很清明,却又混沌,一切感想都不起,只停在"臣门如市,臣心如水"的状态之中。

何从说起呢?不时听得电话的铃声响:

"……医院……她吗?……很重要……不许接见……眠食极好,最要的是静养……书等明天送来吧……花和短信是可以的……"

繁星·春水

差不多都是一样的话,我倚枕模糊可以听见。猛忆起今夏病的时候,电话也一样地响,冰仲弟说:

"姊姊么——好多了,谢谢!"

觉得我真是多事,到处叫人家替我忙碌——这一天在半醒半睡中度过。

第二天头一句问看护妇的话,便是:"今天许我写字吗?"她笑说:"可以的,但不要写得太长。"我喜出望外,第一封便写给家里,报告我平安。不是我想隐瞒,因不知从哪里说起。【名师点睛:表现作者对家人的牵挂和体贴,不想让家人担心。】第二封便给了闭壁楼九十六个"西方之人兮"的女孩子。我说:

"感谢你们的信和花带来的爱!——我卧在床上,用悠暇的目光,远远看着湖水,看着天空。偶然也看见草地上、图书馆、礼堂门口进出的你们。我如何的幸福呢?没有那几十页的诗,当功课地读;没有晨兴钟,促我起来。我闲闲地背着诗句,看日影渐淡,夜中星辰当着我的窗户;如不是因为想你们,我真不想回去了!"

信和花仍是不断地来。黄昏时看护妇进来,四顾室中,她笑着说:"这屋里成了花窖了。"我喜悦地也报以一笑。

我素来是不大喜欢菊花的香气的,竟不知她和着玫瑰花香拂到我的脸上时,会这样的甜美而浓烈!——这时称了我的心愿了!日长昼永,万籁无声。一室之内,惟有花与我。在天然的禁令之中,杜门谢客,过我的清闲回忆的光阴。

把往事一一提起,无一不使我生美满的微笑。我感谢上苍:过去的二十年中,使我一无遗憾,只有这次的别离,忆起有些惊心!

B夫人早晨从波士顿赶来,只有她闯入这清严的禁地里。医生只许她说,不许我说。她双眼含泪,苍白无主的面颜对着我,说:"本想我们有一个最快乐的感恩节……然而不要紧的,等你好了,我们另有一个……"

172

我握着她的手，沉静地不说一句话。等她放好了花，频频回顾地出去之后，望着那"母爱"的后影，我潸然泪下——这是第二次。【名师点睛：第二次流泪，B夫人于作者好像母亲一样，作者因此感动流泪，也思念起自己的母亲。】

　　夜中绝好，是最难忘之一夜。在众香国中，花气氤氲。我请看护妇将两盏明灯都开了，灯光下，床边四围，浅绿浓红，争妍斗媚，如低眉，如含笑。窗外严净的天空里，疏星炯炯，枯枝在微风中，颤摇有声。我凝然肃然，此时此心可朝天帝！

　　猛忆起两句：

消受白莲花世界，

风来四面卧中央。

　　这福是不能多消受的！果然，看护妇微笑地进来，开了窗，放下帘子，挪好了床，便一瓶一瓶地都抱了出去，回头含笑对我说："太香了，于你不宜，而且夜中这屋里太冷。"——我只得笑着点首，然终留下了一瓶玫瑰，放在窗台上。在黑暗中，她似乎知道现在独有她慰藉我，便一夜的温香不断——"花怕冷，我便不怕冷吗？"我因失望起了疑问，转念我原是不应怕冷的，便又寂然心喜。

　　日间多眠，夜里便十分清醒。到了连书都不许看时，才知道能背诵诗句的好处，几次听见车声隆隆走过，我忆起：

水调歌从邻院度，

雷声车是梦中过。

　　朋友们送来一本书，是

Student's Book of Inspiration

　　内中有一段恍惚说：

　　"世界上最难忘的是自然之美……有人能增加些美到世上去，这人便是天之骄子。"

　　真的，最难忘的是自然之美！今日黄昏时，窗外的慰冰湖，银海

173

繁星·春水

一般的闪烁，意态何等清寒？秋风中的枯枝，丛立在湖岸上，何等疏远？秋云又是如何的幻丽？这广场上忽阴忽晴，我病中的心情，又是何等的飘忽无着？

沉黑中仍是满了花香，又忆起：

到死未消兰气息，

他生宜护玉精神！

父亲！这两句我不应写了出来，或者会使你生无谓的难过。但我欲其真，当时实是这样忽然忆起来的。

没有这般的孤立过，连朋友都隔绝了，但读信又是怎样的有趣呢？

一个美国朋友写着：

"从村里回来，到你屋去，竟是空空。我几乎哭了出来！看见你相片立在桌上，我也难过。告诉我，有什么我能替你做的事情，我十分乐意听你的命令！"

又一个写着说：

"感恩节近了，快康健起来吧！大家都想你，你长在我们的心里！"

但一个日本的朋友写着：

"生命是无定的，人们有时虽觉得很近，实际上却是很远。你和我隔绝了，但我觉得你是常常近着我！"

中国朋友说：

"今天怎么样，要看什么中国书吗？"

都只寥寥数字，竟可见出国民性——一夜从杂乱的思想中度过。

清早的时候，扫除橡叶的马车声，辗破晓静。我又忆起：

马蹄隐耳声隆隆，

入门下马气如虹。

底下自然又连带到：

我今垂翅负天鸿，

他日不羞蛇作龙！

这时天色便大明了。

今天是感恩节，窗外的树枝都结上严霜，晨光熹微，湖波也凝而不流，做出初冬天气。——今天草场上断绝人行，个个都回家过节去了。美国的感恩节如同我们的中秋节一般，是家族聚会的日子。【名师点睛：因感恩节想到中秋，因中秋想到父亲，引出下文。】

父亲！我不敢说是"每逢佳节倍思亲"，因为感恩节在我心中，并没有什么甚深的观念。然而病中心情，今日是很惆怅的。花影在壁，花香在衣。蒙蒙的朝霭中，我默望窗外，万物无语，我不禁泪下。——这是第三次。【名师点睛：第三次流泪，即使作者不在乎感恩节，不喜欢热闹，但在异国他乡，难免触景生情，潸然泪下。】

幸而我素来是不喜热闹的。每逢佳节，就想到幽静的地方去。今年此日避到这小楼里，也是清福。昨天偶然忆起辛幼安的《青玉案》：

众里寻他千百度，

蓦然回首，

那人却在

灯火阑珊处。

我随手便记在一本书上，并附了几个字：

"明天是感恩节，人家都寻欢乐去了，我却闭居在这小楼里。然而忆到这孤芳自赏，别有怀抱的句子，又不禁喜悦地笑了。"

花香缠绕笔端，终日寂然。我这封信时作时辍，也用了一天工夫。医生替我回绝了许多朋友，我恍惚听见她电话里说：

"她今天看着中国的诗，很平静、很喜悦！"

我便笑了，我昨天倒是看诗，今天却是拿书遮着我的信纸。父亲！我又淘气了！

看护妇的严净的白衣，忽然现在我的床前。她又送一束花来给我——同时她发觉了我写了许多，笑着便来禁止，我无法奈她何。——她走了，她实是一个最可爱的女子，当她在屋里蹀躞之顷，无端有"身长玉

繁星·春水

立"四字浮上脑海。

当父亲读到这封信时，我已生龙活虎般在雪中游戏了，不要以我置念吧！【名师点睛：说明身体已经痊愈，不想让父亲牵挂。】——寄我的爱与家中一切的人！我记念着他们每一个！

这回真不写了——父亲记否我少时的一夜，黑暗里跑到山上的旗台上去找父亲，一星灯火里，我们在山上下彼此唤着。【名师点睛：回忆起自己儿时与父亲的点滴，温情依旧。】我一忆起，心中就充满了爱感。如今是隔着我们挚爱的海洋呼唤着了！亲爱的父亲，再谈吧，也许明天我又写信给你！

女儿莹 倚枕

一九二三年十一月二十九日

Z 知识考点

1.判断题。

（1）"我"在病中心情十分沮丧,对故乡的思念十分强烈。（　　）

（2）"我"十分喜欢国外的感恩节,期盼参加他们的节日活动。（　　）

（3）在这封信中"我"一共流泪三次。（　　）

2.问答题。

"我"在心中多次提到同学、看护妇及朋友对自己的关照,目的是什么？

_____

_____

Y 阅读与思考

1.文中多次引用中国的古典诗词,它们分别出自哪里？有什么作用？

2.作者给父亲写这封信主要目的是什么？

176

通讯十

> **M 名师导读**
>
> 听母亲讲起自己幼年的往事，冰心感动得潸然泪下。母亲是世界上最了解我们的人，最爱我们的人，天下所有母亲爱孩子的心都是一样的，有母亲在的地方就是我们最温暖的港湾。

亲爱的小朋友：

我常喜欢挨坐在母亲的旁边，挽住她的衣袖，央求她述说我幼年的事。

母亲凝想地，含笑地，低低地说：

"不过有三个月罢了，偏已是这般多病。听见端药杯的人的脚步声，已知道惊怕啼哭。许多人围在床前，乞怜的眼光，不望着别人，只向着我，似乎已经从人群里认识了你的母亲！"【名师点睛：表现出孩子与母亲的天然联系。】

这时眼泪已湿了我们两个人的眼角！

"你的弥月[新生儿满月]到了，穿着舅母送的水红绸子的衣服，戴着青缎沿边的大红帽子，抱出到厅堂前。因看你丰满红润的面庞，使我在姊妹妯娌群中，起了骄傲。

"只有七个月，我们都在海舟上，我抱你站在阑旁。海波声中，你已会呼唤'妈妈'和'姊姊'。"

对于这件事，父亲和母亲还不时的起争论。父亲说世上没有七个月会说话的孩子。母亲坚执说是的。在我们家庭历史中，这事至今是件疑案。

繁星·春水

"浓睡之中猛然听得丐妇求乞的声音,以为母亲已被她们带去了。冷汗被面的惊坐起来,脸和唇都青了,呜咽不能成声。我从后屋连忙进来,珍重的揽住,经过了无数的解释和安慰。自此后,便是睡着,我也不敢轻易的离开你的床前。"【名师点睛:母亲对女儿的无私的爱跃然纸上。】

这一节,我仿佛记得,我听时写时都重新起了呜咽!

"有一次你病得重极了。地上铺着席子,我抱着你在上面膝行。正是暑月,你父亲又不在家。你断断续续说的几句话,都不是三岁的孩子所能够说的。因着你奇异的智慧,增加了我无名的恐怖。我打电报给你父亲,说我身体和灵魂上都已不能再支持。忽然一阵大风雨,深忧的我,重病的你,和你疲乏的乳母,都沉沉地睡了一大觉。这一番风雨,把你又从死神的怀抱里,接了过来。"

我不信我智慧,我又信我智慧!母亲以智慧的眼光,看万物都是智慧的,何况她的唯一挚爱的女儿?

"头发又短,又没有一刻肯安静。早晨这左右两个小辫子,总是梳不起来。没有法子,父亲就来帮忙:'站好了,站好了,要照相了!'父亲拿着照相匣子,假作照着。又短又粗的两个小辫子,好容易天天这样地将就地编好了。"

我奇怪我竟不懂得向父亲索要我每天照的相片!

"陈妈的女儿宝姐,是你的好朋友。她来了,我就关你们两个人在屋里,我自己睡午觉。等我醒来,一切的玩具,小人小马,都当做船,飘浮在脸盆的水里,地上已是水汪汪的。"

宝姐是我一个神秘的朋友,我自始至终不记得,不认识她。然而从母亲口里,我深深的爱了她。【名师点睛:"我"自己都不记得的朋友,母亲却记得,从侧面表现了母亲对"我"的关心和爱。】

"已经三岁了,或者快四岁了。父亲带你到他的兵舰上去,大家匆匆的替你换上衣服。你自己不知什么时候,把一只小木鹿,放在小靴子里。到船上只要父亲抱着，自己一步也不肯走。放到地上走时，只有一跛一跛的。大家奇怪了，脱下靴子，发现了小木鹿。父亲和他的许多朋友都笑了。——傻孩子！你怎么不会说？"

母亲笑了，我也伏在她的膝上羞愧地笑了。——回想起来，她的质问，和我的羞愧，都是一点理由没有的。十几年前事，提起当面前事说，真是无谓。然而那时我们中间弥漫了痴和爱！

"你最怕我凝神，我至今不知是什么缘故。每逢我凝望窗外，或是稍微的呆了一呆，你就过来呼唤我，摇撼我，说：'妈妈，你的眼睛怎么不动了？'我有时喜欢你来抱住我，便故意地凝神不动。"

我自己也不知道是什么缘故。也许母亲凝神，多是忧愁的时候，我要搅乱她的思路，也未可知。——无论如何，这是个隐谜！

"然而你自己却也喜凝神。天天吃着饭，呆呆的望着壁上的字画，桌上的钟和花瓶，一碗饭数米粒似的，吃了好几点钟。我急了，便把一切都挪移开。"

这件事我记得，而且很清楚，因为独坐沉思的脾气至今不改。

当她说这些事的时候，我总是脸上堆着笑，眼里满了泪，听完了用她的衣袖来印我的眼角，静静地伏在她的膝上。这时宇宙已经没有了，只母亲和我，最后我也没有了，只有母亲；因为我本是她的一部分！

这是如何可惊喜的事，从母亲口中，逐渐的发现了，完成了我自己！她从最初已知道我，认识我，喜爱我，在我不知道不承认世界上有个我的时候，她已爱了我了。我从三岁上，才慢慢地在宇宙中寻找到了自己，爱了自己，认识了自己；然而我所知道的自己，不过是母亲意念中的百分之一，千万分之一。【名师点睛：这个世界上最了解我们、最爱我们的人，不是我们自己，而是我们的母亲。】

小朋友！当你寻见了世界上有一个人，认识你，知道你，爱你，都千百倍地胜过你自己的时候，你怎能不感激，不流泪，不死心塌地地爱她，而且死心塌地地容她爱你？

▶ 繁星·春水

有一次，幼小的我，忽然走到母亲面前，仰着脸问说："妈妈，你到底为什么爱我？"母亲放下针线，用她的面颊，抵住我的前额，温柔地，不迟疑地说："不为什么，——只因你是我的女儿！"【写作借鉴：通过语言描写，表现母亲对儿女的爱是如此的无私。】

小朋友！我不信世界上还有人能说这句话！"不为什么"这四个字，从她口里说出来，何等刚决，何等无回旋！她爱我，不是因为我是"冰心"，或是其他人世间的一切虚伪的称呼和名字！她的爱是不附带任何条件的，唯一的理由，就是我是她的女儿。总之，她的爱，是摒除一切，拂拭一切，层层地麾开我前后左右所蒙罩的，使我成为"今我"的原素，而直接地来爱我的自身！

假使我走至幕后，将我二十年的历史和一切都更变了，再走出到她面前，世界上纵没有一个人认识我，只要我仍是她的女儿，她就仍用她坚强无尽的爱来包围我。她爱我的肉体，她爱我的灵魂，她爱我前后左右，过去，将来，现在的一切！

天上的星辰，骤雨般落在大海上，嗤嗤繁响。海波如山一般的汹涌，一切楼层都在地上旋转，天如同一张蓝纸卷了起来。树叶子满空飞舞，鸟儿归巢，走兽躲到它的洞穴。万象纷乱中，只要我能寻到她，投到她的怀里……天地一切都信她！她对于我的爱，不因着万物毁灭而更变！

她的爱不但包围我，而且普遍的包围着一切爱我的人；而且因着爱我，她也爱了天下的儿女，她更爱了天下的母亲。【名师点睛：母亲因自己的子女而爱天下的子女，因自己付出过爱而理解天下的母亲。】小朋友！告诉你一句小孩子以为是极浅显，而大人们以为是极高深的话，"世界便是这样的建造起来的！"

世界上没有两件事物，是完全相同的，同在你头上的两根丝发，也不能一般长短。然而——请小朋友们和我同声赞美！只有普天下的母亲的爱，或隐或显，或出或没，不论你用斗量，用尺量，或是用心灵的度量衡来推测;我的母亲对于我,你的母亲对于你,她的和他的母亲对于她和他;她们的爱是一般的长阔高深,分毫都不差减。小朋友!我敢说,也敢信古往今来,没有一个敢来驳我这句话。当我发觉了这神圣的秘密的时候,我竟欢喜感动得伏案痛哭!

我的心潮,沸涌到最高度,我知道于我的病体是不相宜的,而且我更知道我所写的都不出乎你们的智慧范围之外。——窗外正是下着紧一阵慢一阵的秋雨,玫瑰花的香气,也正无声的赞美她们的"自然母亲"的爱!

我现在不在母亲的身畔,——但我知道她的爱没有一刻离开我,她自己也如此说!【名师点睛:母亲与子女的感情不会因为距离的遥远而被隔断。】——暂时无从再打听关于我的幼年的消息;然而我会写信给我的母亲。我说:"亲爱的母亲,请你将我所不知道的关于我的事,随时记下寄来给我。我现在正是考古家一般的,要从深知我的你口中,研究我神秘的自己。"

被上帝祝福的小朋友!你们正在母亲的怀里。——小朋友!我教给你,你看完了这一封信,放下报纸,就快快跑去找你的母亲——若是她出去了,就去坐在门槛上,静静的等她回来——不论在屋里或是院中,把她寻见了,你便上去攀住她,左右亲她的脸,你说:"母亲!若是你有工夫,请你将我小时候的事情,说给我听!"等她坐下了,你便坐在她的膝上,倚在她的胸前,你听得见她心脉和缓的跳动,你仰着脸,会有无数关于你的,你所不知道的美妙的故事,从她口里天乐一般的唱将出来!

然后,——小朋友!我愿你告诉我,她对你所说的都是什么事。

我现在正病着,没有母亲坐在旁边,小朋友一定怜念我,然而我有说不尽的感谢!造物者将我交付给我母亲的时候,竟赋予了我以记忆的心才,现在又从忙碌的课程中替我匀出七日夜来,回想母亲的爱。我病中光阴,因着这回想,寸寸都是甜蜜的。

▶ 繁星·春水

小朋友,再谈罢,致我的爱与你们的母亲!

你的朋友 冰心

一九二三年十二月五日晨,圣卜生疗养院,威尔斯利

通讯十一

M 名师导读

冰心在疗养院休息,但每天都可以看到迷人的自然风光,在这样的环境中,身体的不适已经不重要了,她找到了真谛。

小朋友:

从圣卜生医院寄你们一封长信之后,又是二十天了。十二月十三之晨,我心酸肠断,以为从此要尝些人生失望与悲哀的滋味,谁知却有这种柳暗花明的美景。但凡有知,能不感谢!

小朋友们知道我不幸病了,我却没有想到这病是须休息的,所以当医生缓缓的告诉我的时候,我几乎神经错乱。十三,十四两夜,凄清的新月,射到我的床上,瘦长的载霜的白杨树影,参错满窗。——我深深的觉出了宇宙间的凄楚与孤立。一年来的计划,全归泡影,连我自己一身也不知是何底止。秋风飒然,我的头垂在胸次。我竟恨了西半球的月,一次是中秋前后两夜,第二次便是现在了,我竟不知明月能伤人至此!【写作借鉴:此处以对明月的恨表达对亲人的思念以及在异国他乡生病的孤寂凄楚。】

昏昏沉沉地过了两日,十五早起,看见遍地是雪,空中犹自飞舞,湖上凝阴,意态清绝。我肃然倚窗无语,对着慰冰纯洁的钱笾,竟麻木不知感谢。下午一乘轻车,几位师长带着心灰意懒的我,雪中驰过深林,上了青山(The Blue Hills)到了沙穰疗养院。

如今窗外不是湖了，是四围山色之中，丛密的松林，将这座楼圈将起来。清绝静绝，除了一天几次火车来往，一道很浓的白烟从两重山色中串过，隐隐地听见轮声之外，轻易没有什么声息。单弱的我，拼着颓然地在此住下了！

一天一天的过去觉得生活很特别。十二岁以前半玩半读的时候不算外，这总是第一次抛弃一切，完全来与"自然"相对。以读书，凝想，赏明月，看朝霞为日课。有时夜半醒来，万籁俱寂，皓月中天，悠然四顾，觉得心中一片空灵。我纵欲修心养性，哪得此半年空闲，幕天席地的日子，百忙中为我求安息，造物者！我对你安能不感谢？【名师点睛：与大自然的亲近让"我"忘却身体的不适，转而变得修身养性。】

日夜在空旷之中，我的注意就有了更动。早晨朝霞是否相同？夜中星辰曾否转移了位置？都成了我关心的事。在月亮左侧不远，一颗很光明的星，是每夜最使我注意的。自此稍右，三星一串，闪闪照人，想来不是"牵牛"就是"织女"。此外秋星窈窕，都罗列在我的枕前。就是我闭目宁睡之中，它们仍明明在上临照我，无声的环立，直到天明，将我交付与了朝霞，才又无声的历落隐入天光云影之中。

说到朝霞，我要搁笔，只能有无言的赞美。我所能说的就是朝霞颜色的变换，和晚霞恰恰相反。晚霞的颜色是自淡而浓，自金红而碧紫。朝霞的颜色是自浓而深，自青紫而深红，然后一轮朝日，从松岭捧将上来，大地上一切都从梦中醒觉。

便是不晴明的天气，夜卧听檐上夜雨，也是心宁气静。头两夜听雨的时候，忆起什么"……第一是难听夜雨！天涯倦旅，此时心事良苦……""洒空阶更阑未休……似楚江暝宿，风灯零乱，少年羁旅……""……可惜流年，忧愁风雨，树犹如此……""……细雨梦回鸡塞远，小楼吹彻玉笙寒……"等句，心中很惆怅的，现在已好些了。小朋友！我笔不停挥，无意中写下这些词句。你们未必看过，也未必懂得，然而你们尽可不必研究。这些话，都在人情之中，你们长大时，自己都会写的，

> 繁星·春水

特意去看，反倒无益。

山中虽不大记得日月，而圣诞的观念，却充满在同院二十二个女孩的心中。二十四夜在楼前雪地中间的一棵松树上，结些灯彩，树巅一颗大星星，树下更挂着许多小的。那夜我照常卧在廊下，只有十二点钟光景，忽然柔婉的圣诞歌声，沉沉的将我从浓睡中引将出来。开眼一看，天上是月，地下是雪，中间一颗大灯星，和一个猛醒的人。这一切完全了一个透彻晶莹的世界！想起一千九百二十三年前，一个纯洁的婴孩，今夜出世，似他的完全的爱，似他的完全的牺牲，这个彻底光明柔洁的夜，原只是为他而有的。我侧耳静听，忆起旧作《天婴》中的两节：

马槽里可能睡眠？
凝注天空——
这清亮的歌声，
珍重的诏语，
催他思索，
想只有泪珠盈眼，
热血盈腔。

奔赴着十字架，
奔赴着荆棘冠，
想一生何曾安顿？
繁星在天，
夜色深深，
开始的负上罪担千钧！

此时心定如冰，神清若水，默然肃然，直至歌声渐远，隐隐的只余山下孩童奔逐欢笑祝贺之声，我渐渐又入梦中。梦见冰仲肩着四弦琴，似愁似喜地站在我面前，拉着最熟的调子是"我如何能离开你？"声细如丝，如不胜清怨，我凄惋而醒。天幕沉沉，正是圣诞日！

朝阳出来的时候，四围山中松梢的雪，都映出粉霞的颜色。一身似乎拥在红云之中，几疑自己已经仙去。正在凝神，看护妇已出来将我的床从廊上慢慢推到屋里，微笑着道了"圣诞大喜"，便捧进几十个红丝缠绕，白纸包裹的礼物来，堆在我的床上。一包一包的打开，五光十色的玩具和书，足足地开了半点钟。我喜极了，一刹那顷童心来复，忽然想要跑到母亲床前去，摇醒她，请她过目。猛觉一身在万里外！【名师点睛：对母亲的思念是孩子永远的天性，这种感情常常一触即发。】……只无聊的随便拿起一本书来，颠倒的，心不在焉的看。

这座楼素来没有火，冷清清的如同北冰洋一般。难得今天开了一天的汽管，也许人坐在屋里，觉得适意一点。果点和玩具和书，都堆叠在桌上，而弟弟们以及小朋友们却不能和我同乐。一室寂然，窗外微阴，雪满山中。想到如这回不病，此时正在纽约或华盛顿，尘途热闹之中，未必能有这般的清福可享，又从失意转成喜悦。

晚上院中也有一个庆贺的会，在三层楼下。那边露天学校的小孩子们也都来了，约有二十个。——那些孩子都是居此治疗，那学校也是为他们开的。我还未曾下楼，不得多认识他们。想再有几天，许我游山的时候，一定去看他们上课游散的光景，再告诉你们些西半球带病行乐的小朋友们的消息——厅中一棵装点得极其辉煌的圣诞树，上面系着许多的礼物。医生一包一包地带下去，上面注有各人的名字，附着滑稽诗一首，是互相取笑的句子，那礼物也是极小却极有趣味的东西。我得了一支五彩漆管的铅笔，一端有个橡皮帽子，那首诗是：

亲爱的，你天天在床上写字，写字，
必有一日犯了医院的规矩，

▶ 繁星·春水

墨水玷污了床单。
给你这一支铅笔,还有橡皮,
好好的用罢,
可爱的孩子!

医生看护以及病人,把那厅坐满了。集合八国的人,老的少的,唱着同调的曲,也倒灯火辉煌,歌声嘹亮地过了一个完全的圣诞节。

二十六夜大家都觉乏倦了,鸦雀无声地都早去安息。雪地上那一颗灯星,却仍是明明远射。我关上了屋里的灯,倚窗而立,灯光入户,如同月光一般。忆起昨夜那些小孩子,接过礼物攒三集五,聚精凝神,一层层打开包裹的光景,正在出神。外间敲门,进来了一个希腊女孩子,她从沉黑中笑道,"好一个诗人呵!我不见灯光,以为你不在屋里呢!"我悄然一笑,才觉得自己是在山间万静之中。

自那时又起了乡愁——恕我不写了。此信到日,正是故国的新年,祝你们快乐平安!

冰心
一九二三年十二月二十六日,沙穰疗养院

通讯十四

M 名师导读

　　动听的儿歌唤起了冰心的思绪,对母亲的思念油然而生。冰心在这期间欣赏到许多优美的风景,但优美的风景,也只能安抚身体上的病痛,无法抚慰思念母亲的心。

我的小朋友:

黄昏睡起，闲走着绕到西边回廊上，看一个病的女孩子。站在她床前说着话儿的时候，抬头看见松梢上一星朗耀，她说："这是你今晚第一颗见到的星儿，对它祝说你的愿望罢！"——同时她低低地度着一支小曲，是：

Star light

Star bright

First star I see tonight

Wish I may

Wish I might

Have the wish I wish to might

小朋友：这是一支极柔媚的儿歌。我不想翻译出来。因为童谣完全以音韵见长，一翻成中国字，念出来就不好听，大意也就是她对我说的那两句话。——倘若你们自己能念，或是姊姊哥哥，姑姑母亲，能教给你们念，也就更好。——她说到此，我略不思索，我合掌向天说："我愿万里外的母亲，不太为平安快乐的我忧虑！"

扣计今天或明天，就是我母亲接到我报告抱病入山的信之日，不知大家如何商量谈论，长吁短叹；岂知无知无愁的我，正在此过起止水浮云的生活来了呢！

去年十二月十九日，我寄给国内朋友一封信，我说："沙穰疗养院，冷冰冰如同雪洞一般。我又整天的必须在朔风里。你们围炉的人，怎知我正在冰天雪地中，与造化挣命！"如今想起，又觉得那话说得太无谓，太怨望了，未曾听见挣命有如今这般温柔的挣法！

<u>生，老，病，死，是人生很重大而又不能避免的事。无论怎样高贵伟大的人，对此切己的事，也丝毫不能为力。</u>【名师点睛：作者客观冷静地看待生老病死，既不乞求生，也不拒绝死，体现了一种超然的思维。】

繁星·春水

这时节只能将自己当作第三者，旁立静听着造化的安排。小朋友，我凝神看着造化轻舒慧腕，来安排我的命运的时候，我忍不住失声赞叹他深思和玄妙。

往常一日几次匆匆走过慰冰湖，一边看晚霞，一边心里想着功课。偷闲划舟，抬头望一望滟滟的湖波，低头看滴答滴答消磨时间的手表，心灵中真是太苦了，然而万没有整天的放下正事来赏玩自然的道理。造物者明明在上，看出了我的隐情，眉头一皱，轻轻的赐与我一场病，这病乃是专以抛撇一切，游泛于自然海中为治疗的。

如今呢？过的是花的生活，生长于光天化日之下，微风细雨之中；过的是鸟的生活，游息于山巅水涯，寄身于上下左右空气环围的巢床里；过的是水的生活，自在的潺潺流走；过的是云的生活，随意的袅袅卷舒。【写作借鉴：运用排比的写作手法，强调现在生活的闲适惬意，形象而富有气势。】几十页几百页绝妙的诗和诗话，拿起来流水般当功课读的时候，是没有的了。如今不再干那愚拙煞风景的事，如今便四行六行的小诗，也慢慢的拿起，反复吟诵，默然深思。

我爱听碎雪和微雨，我爱看明月和星辰，从前一切世俗的烦忧，占积了我的灵府。偶然一举目，偶然一倾耳，便忙忙又收回心来，没有一次任它奔放过。如今呢，我的心，我不知怎样形容它，它如蛾出茧，如鹰翔空……

碎雪和微雨在檐上，明月和星辰在阑旁，不看也得看，不听也得听，何况病中的我，应以它们为第二生命。病前的我，愿以它们为第二生命而不能的呢？

这故事的美妙，还不止此，——"一天还应在山上走几里路"，这句话从滑稽式的医士口中道出的时候，我不知应如何的欢呼赞美他！小朋友！漫游的生涯，从今开始了！

山后是森林仄径，曲曲折折的在日影掩映中引去，不知有多少远近。我只走到一端，有大岩石处为止。登在上面眺望，我看见满山高高下下的松树。每当我要缥缈深思的时候，我就走这一条路。独自低首行来，我听见干叶枯枝，槭槭楂楂在树巅相语。草上的薄冰，踏着沙沙有声，这时节，林影沉荫中，我凝然黯然，如有所戚。

山前是一层层的大山地，爽阔空旷，无边无限的满地朝阳。层场的尽处，就是一个大冰湖，环以小山高树，是此间小朋友们溜冰处。<u>我最喜在湖上如飞的走过。</u>【写作借鉴：运用夸张的修辞手法，突出无论是夏天碧波荡漾的湖，还是冬天冰雪覆盖的湖，都会给作者带来别样的心境。】每逢我要活泼天机的时候，我就走这一条路。我沐着微暖的阳光，在树根下坐地，举目望着无际的耀眼生花的银海。我想天地何其大，人类何其小。当归途中冰湖在我足下溜走的时候，清风过耳，我欣然超然，如有所得。

三年前的夏日在北京西山，曾写了一段小文字，我不十分记得了，大约是：

　　只有早晨的深谷中
　　可以和自然对话。
　　计划定了
　　岩石点头
　　草花欢笑。
　　造物者！
　　在我们星驰的前途
　　路站上
　　再遥遥的安置下
　　几个早晨的深谷！

原来，造物者为我安置下的几个早晨的深谷，却在离北京数万里外的沙穰，我何其"无心"，造物者何其"有意"？——我还忆起，有"空

繁星·春水

谷足音",和杜甫的"绝代有佳人,幽居在空谷"的一首诗,小朋友读过吗?我翻来覆去的背诵,只忆得"绝代有佳人,幽居在空谷;自云良家子,零落依草木……摘花不插发,采柏动盈掬……天寒翠袖薄,日暮倚修竹。"这八句来。黄昏时又去了。那时想起的,有"前不见古人,后不见来者,念天地之悠悠,独怆然而涕下。"归途中又诵"云无心以出岫,鸟倦飞而知还。景翳翳以将入,抚孤松而盘桓。"小朋友,愿你们用心读古人书,他们常在一定的环境中,说出你心中要说的话!【名师点睛:通过自己的亲身体验劝说小朋友用心读古人的书,去体会他们心中想说的话。】

　　春天已在云中微笑,将临到了。那时我更有温柔的消息,报告你们。我逐日远走开去,渐渐又发现了几处断桥流水。试想看,胸中无一事留滞,日日南北东西,试揭自然的帘幕,蹑足走入仙宫……

　　这样的病,这样的人生,小朋友,请为我感谢。我的生命中是只有祝福,没有咒诅!

　　安息的时候已到,卧看星辰去了。小朋友,我以无限欢喜的心,祝你们多福。【名师点睛:生病在作者看来是上天特意给自己亲近自然、发现自然之美的机会,作者的心中对此感到幸运欢喜,毫无抱怨,体现作者豁达的胸襟。】

冰心
一九二四年一月十五日夜,沙穰

　　广厅上,四面绿帘低垂。几个女孩子,在一角窗前长椅上,低低笑语。一角话匣子里奏着轻婉的提琴。我在当中的方桌上,写这封信。一个女孩子坐在对面为我画像,她时时唤我抬头看她。我听一听提琴和人家的笑语,一面心潮缓缓流动,一面时时停笔凝神。写完时重读一过,觉得太无次序了,前言不对后语的。然而的确是欢乐的心泉流过的痕迹,不复整理,即付晚邮。

通讯十五

M 名师导读

世界上并不全是幸福，也有许多伤痛。冰心在医院里结识了几个可爱的女孩子，他们都有各自的不幸和伤痛，让人感到同情和惋惜。

仁慈的小朋友：

若是在你们天大的爱心里，还有空隙，我愿介绍几个可爱的女孩子，愿你们加以怜念！

M 住在我的隔屋，是个天真烂漫又是完全神经质的女孩子。稍大的惊和喜，都能使她受极大的激刺和扰乱。她卧病已经四年半了，至今不见十分差减，往往刚觉得好些，夜间热度就又高起来，看完体温表，就听得她伏枕呜咽。她有个完全美满的家庭，却因病隔离了。——我的童心，完全是她引起的。她往往坐在床上自己喃喃的说："我父亲爱我，我母亲爱我，我爱……"我就倾耳听她底下说什么，她却是说"我爱我自己"。我不觉笑了。她也笑了。【名师点睛：亲情是伟大的，充满能量的，用微笑与病魔抗争的女孩是可爱的，让人骄傲。】她的娇憨凄苦的样子，得了许多女伴的爱怜。

R 又在 M 的隔屋，她被一切人所爱，她也爱了一切的人。又非常的技巧，用针用笔，能做许多奇巧好玩的东西。这些日子，正跟着我学中国文字。我第一天教给她"天"、"地"、"人"三字。她说："你们中国人太玄妙了，怎么初学就念这样高大的字，我们初学，只是'猫'、'狗'之类。"我笑了，又觉得她说的有理。她学得极快，口音清楚，写的字也很方正。此外医院中天气表是她测量，星期日礼拜是她弹琴，病人阅看的报纸，是她照管，图书室的钥匙，也在她手里。她短发齐

繁星·春水

颈，爱好天然，她住院已经六个月了。

E 只有十八岁，昨天是她的生日。她没有父母，只有哥哥。十九个月前，她病得很重，送到此处。现在可谓好一点，但还是很瘦弱。她喜欢叫人"妈妈"或"姊姊"。她急切地想望人家的爱念和同情，却又能隐忍不露，常常在寂寞中竭力的使自己活泼欢悦。

然而每次在医生注射之后，屋门开处，看见她埋首在高枕之中，宛转流涕——这样的华年！这样的人生！【名师点睛：花季的少女却被病魔缠身，而且失去了亲人，这不得不让她感到哀怨。人生就是这样，不仅仅有欢乐，还有很多痛苦，十分残酷。】

D 是个爱尔兰的女孩子，和我谈话之间常常问我的家庭状况，尤其常要提到我的父亲，我只是无心的问答。后来旁人告诉我，她的父亲纵酒狂放，醉后时时虐待他的儿女。她的家庭生活，非常的凄苦不幸。她因躲避父亲，和祖母住在一处，听到人家谈到亲爱时，往往流泪。昨天我得到家书，正好她在旁边，她似羡似叹地问道："这是你父亲写的么，多么厚的一封信呵！"幸而她不认得中国字，我连忙说："不是，这是我母亲写的，我父亲很忙，不常写信给我。"她脸红微笑，又似释然。其实每次我的家书，都是父母弟弟每人几张纸！我以为人生最大的不幸，就是失爱于父母。我不能闭目推想，也不敢闭目揣想。可怜的带病而又心灵负着重伤的孩子！【名师点睛：善意的谎言让小女孩宽心，体现了作者的善良和体贴，十分懂得小女孩内心的伤痛。】

A 住在院后一座小楼上，我先不常看见她。从那一次在餐室内偶然回首，无意中她顾我微微一笑，很长的睫毛之下，流着幽娴贞静的眼光，绝不是西方人的态度。出了餐室，我便访到她的名字和住处。那天晚上，在她的楼里，谈了半点钟的话，惊心于她的腼腆与温柔；谈到海景，她竟赠我一张灯塔的图画。她来院已将两年，据别人说没有什么起色。她终日卧在一角小廊上，廊前是曲径深林，廊后是小桥流水。她告诉我每遇狂风暴雨，看着凄清的环境，想到"人生"两字，辄惊动不怡。我安慰她，她也感谢，然而彼此各有泪痕！

痛苦的人，岂止这几个！限于精神，我不能多述了！

今早黎明即醒。晓星微光，万松淡雾之中，我披衣起坐。举眼望到廊的尽处，我凝注着短床相接，雪白的枕上，梦中转侧的女孩子。只觉得奇愁黯黯，横空而来。生命中何必有爱，爱正是为这些人而有！这些痛苦的心灵，需要无限的同情与怜念。我一人究竟太微小了，仰祷上天之外，只能求助于万里外的纯洁伟大的小朋友！

小朋友！为着跟你们通讯，受了许多友人严峻的责问，责我不宜只以悱恻的思想，贡献你们。小朋友不宜多看这种文字，我也不宜多写这种文字。为小朋友和我两方精神上的快乐与安平，我对于他们的忠告，只有惭愧感谢。然而人生不止欢乐滑稽一方面，病患与别离，只是带着酸汁的快乐之果。沉静的悲哀里，含有无限的庄严。伟大的人生中，是需要这种成分的。范仲淹说："先天下之忧而忧。"佛说："我不入地狱，谁入地狱？"何况这一切本是组成人生的原素，耳闻，眼见，身经，早晚都要了解知道的，何必要隐瞒着可爱的小朋友？我偶然这半年来先经历了这些事，和小朋友说说，想来也不是过分的不宜。

【名师点睛：这半年的经历让作者体验了组成人生更多苦痛的因素，她把这些与小孩子们分享，是为了告诉他们人生不仅仅是有欢乐，痛苦早晚也是要经受的。】

我比她们强多了，我有快乐美满的家庭，在第一步就没有摧伤思想的源路。我能自在游行，寻幽访胜，不似她们缠绵床褥，终日对着恹恹一角的青山。我横竖已是一身客寄，在校在山，都是一样；有人来看，自然欢喜，没有人来，也没有特别的失望与悲哀。她们乡关咫尺，却因病抛离父母，亲爱的人，每每因天风雨雪，山路难行，不能相见，于是怨嗟悲叹。整年整月，置身于怨望痛苦之中，这样的人生！

一而二，二而三的推想下去，世界上的幼弱病苦，又岂止沙穰一隅？小朋友，你们看见的，也许比我还多。扶持慰藉，是谁的责任？

193

> 繁星·春水

见此而不动心呵！空负了上天付与我们的一腔热烈的爱！【名师点睛：唤醒世人关注孩子们，为孩子们献上一片爱心。】

所以，小朋友，我们所能做到的，一朵鲜花，一张画片，一句温和的慰语，一回殷勤的访问，甚至于一瞥哀怜的眼光，在我们是不觉得用了多少心，而在单调的枯苦生活，度日如年的病者，已是受了如天之赐。访问已过，花朵已残，在我们久已忘却之后，他们在幽闲的病榻上，还有无限的感谢，回忆与低徊！

我无庸多说，我病中曾受过几个小朋友的赠与。在你们完全而浓烈的爱心中，投书馈送，都能锦上添花，做到好处。小朋友，我无有言说，我只合掌赞美你们的纯洁与伟大。

如今我请你们纪念的这些人，虽然都在海外，但你们忆起这许多苦孩子时，或能以意会意，以心会心的体恤到眼前的病者。小朋友，莫道万里外的怜悯牵萦，没有用处，"以伟大思想养汝精神"！日后帮助你们建立大事业的同情心，便是从这零碎的怜念中练达出来的。【名师点睛：这是作者对小朋友们的劝慰，希望他们面对弱者要有爱心、同情心，这对日后是有帮助的。】

风雪的廊上，写这封信，不但手冷，到此心思也冻凝了。无端拆阅了波士顿中国朋友的一封书，又使我生无穷的感慨。她提醒了我！今日何日，正是故国的岁除，红灯绿酒之间，不知有多少盈盈的笑语。这里却只有寂寂风雪的空山……不写了，你们的热情忠实的朋友，在此遥祝你们有个完全欢庆的新年！

冰心
一九二四年二月四日，沙穰

知识考点

1.填空题。

D是个_____的女孩子，和"我"谈话之间常常问"我"的家庭状况，

尤其常要提到"我"的_____,因为_____
_____。她的家庭生活,非常的凄苦不幸。她和_____住在一处,听到人家谈到亲爱时,往往流泪。

2.判断题。

(1)"我"因在病中十分无聊,不得不接触周围的病人。（　）

(2)"我"在这封信中劝告小朋友们对弱者要有同情心、爱心。

（　）

3.问答题。

这篇通讯中分别介绍了几个女孩子？"我"从她们身上明白了什么？

_____

_____

阅读与思考

1.用自己的话描述一下新介绍的几个女孩子的遭遇。

2.读完这篇通讯你懂得了什么？

通讯十六

名师导读

在寄给二弟的回信中,冰心谈论到弟弟送给她的诗集让她很是感动。文中引用了很多诗词名句,满纸是浓淡的乡愁。冰心因为背井离乡而更加懂得了诗人的心境,更能体会到诗中独特的意境。

二弟冰叔：

接到你两封冗长而恳挚的信,使我受了无限的安慰。是的！"从松树隙间穿过的阳光,就是你弟弟问安的使者；晚上清凉的风,就是骨肉

繁星·春水

手足的慰语！"好弟弟！我喜爱而又感激你的满含着诗意的慰安的话！

出乎意外的又收到你赠我的历代名人词选，我喜欢到不可言说。父亲说恐怕我已有了，我原有一部古今词选，放在闭璧楼的书架上了。可恨我一写信要中国书，她们便有百般的阻拦推托。好像凡是中国书都是充满着艰深的哲理，一看就费人无限的脑力似的。【名师点睛：由她们的阻挠推脱，表现了对生病的作者的关爱。】

不忍十分的违反她们的好意，我终于反复的只看些从病院中带来的短诗了。我昨夜收到词选，珍重的一页一页地看着，一面想，难得我有个知心的小弟弟。

这部词，选得似乎稍偏于纤巧方面，错字也时时发现。但大体说起来，总算很好。

你问我去国前后，环境中诗意哪处更足？我无疑地要说，"自然是去国后！"在北京城里，不能晨夕与湖山相对，这是第一条件。再一事，就是客中的心情，似乎更容易融会诗句。

离开黄浦江岸，在太平洋舟中，青天碧海，独往独来之间，我常常忆起"海水直下万里深，谁人不言此离苦"两句。因为我无意中看到同舟众人，当倚阑俯视着船头飞溅的浪花的时候，眉宇间似乎都含着轻微的凄恻的意绪。【名师点睛：离开家乡时，才更深刻地体会到诗句中的离愁别绪。】

到了威尔斯利，慰冰湖更是我的唯一的良友。或是水边，或是水上，没有一天不到的。母亲寿辰的前一日，又到湖上去了，临水起了乡思，忽然忆起左辅的"浪淘沙"词：

水软橹声柔，草绿芳洲，碧桃几树隐红楼；者是春山魂一片，招入孤舟。乡梦不曾休，惹甚闲愁？忠州过了又涪州：掷与巴江流到海，切莫回头！

觉得情景悉合，随手拾起一片湖石，用小刀刻上："乡梦不曾休，惹甚闲愁？"两句，远远地抛入湖心里，自己便头也不回地走转来。这片小石，自那日起，我信它永在湖心，直到天地的尽头。只要湖水不枯，湖石不烂，我的一片寄托此中的乡心，也永古不能磨灭的！【名师点睛：身在异国他乡的作者有着很深的思乡之情，在石头上刻画的诗句就是最好的体现。】

美国人家，除城市外，往往依山傍水，小巧精致，窗外篱旁，杂种着花草，真合"是处人家，绿深门户"词意。只是没有围墙，空阔有余，深邃不足。路上行人，隔窗可望见翠袖红妆，可听见琴声笑语。词中之"斜阳却照深深院"，"庭院深深深几许"，"不卷珠帘，人在深深处"，"墙内秋千墙外道"，"银汉是红墙，一带遥相隔"等句，在此都用不着了！

田野间林深树密，道路也依着山地的高下，曲折蜿蜒的修来，天趣盎然。想春来野花遍地之时，必是更幽美的。只是逾山越岭的游行，再也看不见一带城墙僧寺。"曲径通幽处，禅房草木深"，"花宫仙梵远微微，月隐高城钟漏稀"，"一片孤城万仞山"，"饮将闷酒城头睡"，"长烟落日孤城闭"，"帘卷疏星庭户悄，隐隐严城钟鼓"等句，在此又都用不着了！

总之，在此处处是"新大陆"的意味，遍地看出鸿蒙初辟的痕迹。国内一片苍古庄严，虽然有的只是颓废剥落的城垣宫殿，却都令人起一种"仰首欲攀低首拜"之思，可爱可敬的五千年的故国呵！

回忆去夏南下，晨过苏州，火车与城墙并行数里。城内湿烟蒙蒙，护城河里系着小舟，层塔露出城头，竟是一幅图画。那时我已想到出了国门，此景便不能再见了！

说到山中的生活，除了看书游山，与女伴谈笑之外，竟没有别的日课。我家灵运公的诗，如"寝瘵谢人徒，绝迹入云峰，岩壑寓耳目，欢爱隔音容"，以及"昔余游京华，未尝废丘壑，矧乃归山川，心迹双

● 繁星·春水

寂寞……卧疾丰暇豫，翰墨时间作，怀抱观古今，寝食展戏谑……万事难并欢，达生幸可托"等句，竟将我的生活描写尽了，我自己更不须多说！

又猛忆起杜甫的"思家步月清宵立，忆弟看云白日眠"和苏东坡的"因病得闲殊不恶，安心是药更无方"，对我此时生活而言，真是一字不可移易！青山满山是松，满地是雪，月下景物清幽到不可描画，晚餐后往往至楼前小立，寒光中自不免小起乡愁。又每日午后三时至五时是休息时间，白天里如何睡得着？自然只卧看天上云起，尤往往在此时复看家书，联带的忆到诸弟。——冰仲怕我病中不能多写通讯，岂知我病中较闲，心境亦较清，写的倒比平时多。又我自病后，未曾用一点药饵，真是"安心是药更无方"了。

多看古人句子，令自己少写好些。一面欣与古人契合，一面又有"恨不踊身千载上，趁古人未说吾先说"之叹。——说的已多了，都是你一部词选，引我掉了半天书袋，是谁之过呢？一笑！【写作借鉴："掉书袋"本意是指人过多地引用古诗词句，卖弄才学，这里是作者的自嘲，说明自己并不是在卖弄才学。】

青山真有美极的时候。二月七日，正是五天风雪之后，万株树上，都结上一层冰壳。早起极光明的朝阳从东方捧出，照得这些冰树玉枝，寒光激射。下楼微步雪林中曲折行来，偶然回顾，一身自冰玉丛中穿过。小楼一角，隐隐看见我的帘幕。虽然一般的高处不胜寒，而此琼楼玉宇，竟在人间，而非天上。

九日晨同女伴乘雪橇出游。双马飞驰，绕遍青山上下。一路林深处，冰枝拂衣，脆折有声。白雪压地，不见寸土，竟是洁无纤尘的世界。最美的是冰珠串结在野樱桃枝上，红白相间，晶莹向日，觉得人间珍宝，无此璀璨！

途中女伴遥指一发青山，在天末起伏。我忽然想真个离家远了，连青山一发，也不是中原了。此时忽觉悠然意远。——弟弟！我平日总想以"真"为写作的唯一条件，然而算起来，不但是去国以前的文字不"真"，就是去国以后的文字，也没有尽"真"的能事。

我的确深信不论是人情，是物景，到了"尽头"处，是万万说不出来，写不出来的。纵然几番提笔，几番欲说，而语言文字之间，只是搜寻不出配得上形容这些情绪景物的字眼，结果只是搁笔，只是无言。十分不甘泯没了这些情景时，只能随意描摹几个字，稍留些印象。甚至于不妨如古人之结绳记事一般，胡乱画几条墨线在纸上。只要他日再看到这些墨迹时，能在模糊缥缈的意境之中，重现了一番往事，已经是满足有余的了。

去国以前，文字多于情绪。去国以后，情绪多于文字。环境虽常是清丽可写。而我往往写不出。辛幼安的一支"罗敷媚"说：

少年不识愁滋味，爱上层楼，爱上层楼，为赋新词强说愁。而今识得愁滋味，欲说还休，欲说还休，却道天凉好个秋。

真看得我寂然心死。他虽只说"愁"字，然已盖尽了其他种种一切！——真不知文字情绪不能互相表现的苦处，受者只有我一个人，或是人人都如此？【写作借鉴：引用辛弃疾的这首词十分贴切地表现出作者此时的心境，离开家乡之前，没有情绪而强说愁绪；离开家乡后，满腔的愁绪却不知如何去说，包含了无限乡愁。】

北京谚语说："八月十五云遮月，正月十五雪打灯。"去年中秋，此地不曾有月。阴历十四夜，月光灿然。我正想东方谚语，不能适用于西方天象，谁知元宵夜果然雨雪霏霏。十八夜以后，夜夜梦醒见月。只觉空明的枕上，梦与月相续。最好是近两夜，醒时将近黎明，天色碧蓝，一弦金色的月，不远对着弦月凹处，悬着一颗大星。万里无云的天上，只有一星一月，光景真是奇丽。

元夜[元宵节]如何？——听说醉司命夜，家宴席上，母亲想我难

繁星·春水

过,你们几个兄弟倒会一人一句的笑话慰藉,真是灯草也成了拄杖了!喜笑之余,并此感谢。

纸已尽,不多谈。——此信我以为不妨转小朋友一阅。

冰心

一九二四年三月一日,青山沙穰

通讯十七

> **M 名师导读**
>
> 蒲公英很普通,但正是因为这份普通,那些绚烂的花朵才更加夺人眼球。世上一物有一物的长处,一人有一人的价值。世界就是靠这样的平衡在运行,尊重每一物,每一人,才能实现真正的和谐相处。

小朋友:

健康来复的路上,不幸多歧,这几十天来懒得很;雨后偶然看见几朵浓黄的蒲公英,在匀整的草坡上闪烁,不禁又忆起一件事。

一月十九晨,是雪后浓阴的天。我早起游山,忽然在积雪中,看见了七八朵大开的蒲公英。我俯身摘下握在手里,——真不知这平凡的草卉,竟与梅菊一样的耐寒。我回到楼上,用条黄丝带将这几朵缀将起来,编成王冠的形式。人家问我做什么,我说:"我要为我的女王加冕。"说着就随便地给一个女孩子戴上了。

大家欢笑声中,我只无言地卧在床上——我不是为女王加冕,竟是为蒲公英加冕了。蒲公英虽是我最熟识的一种草花,但从来是被人轻忽,从来是不上美人头的。今日因着情不可却,我竟让她在美人头上,照耀了几点钟。【名师点睛:表现了作者对蒲公英严寒而不凋的惊讶与敬意。】

蒲公英是黄色，叠瓣的花，很带着菊花的神意，但我也不曾偏爱她。我对于花卉是普遍的爱怜。虽有时不免喜欢玫瑰的浓郁，和桂花的清远，而在我忧来无方的时候，玫瑰和桂花也一样的成粪土。在我心情怡悦的一刹那顷，高贵清华的菊花，也不能和我手中的蒲公英来占夺位置。

世上的一切事物，只是百千万面大大小小的镜子，重叠对照，反射又反射；于是世上有了这许多璀璨辉煌，虹影般的光彩。没有蒲公英，显不出雏菊，没有平凡，显不出超绝。而且不能因为大家都爱雏菊，世上便消灭了蒲公英；不能因为大家都敬礼超人，世上便消灭了庸碌。即使这一切都能因着世人的爱憎而生灭，只恐到了满山满谷都是菊花和超人的时候，菊花的价值，反不如蒲公英，超人的价值，反不及庸碌了。

所以世上一物有一物的长处，一人有一人的价值。我不能偏爱，也不肯偏憎。悟到万物相衬托的理，我只愿我心如水，处处相平。我愿菊花在我眼中，消失了她的富丽堂皇，蒲公英也解除了她的局促羞涩，博爱的极端，翻成淡漠。但这种普遍淡漠的心，除了博爱的小朋友，有谁知道？【名师点睛：作者从蒲公英身上明白了世上万物平等，各有各的价值，没有高低贵贱之分。】

书到此，高天萧然，楼上风紧得很，再谈了，我的小朋友！

冰心

一九二四年五月九日，沙穰疗养院

繁星·春水

通讯十八

> **M 名师导读**
>
> 　　冰心远行,一路上经过多国多地,路上奇特的风景与文化吸引了她的眼球,她也在不断地思考,人生阅历变得更加丰富,思想也更加开阔。她把这些分享给她所喜爱的小朋友。

小朋友:

　　久违了,我亲爱的小朋友!【名师点睛:亲切的称呼、平实的话语,体现了作者对小朋友的爱意。】记得许多日子不曾和你们通讯,这并不是我的本心。只因寄回的邮件,偶有迟滞遗失的时候。我觉得病中的我,虽能必写,而万里外的你们,不能必看。医生又劝我尽量休息,我索性就歇了下去。

　　自和你们通信,我的生涯中非病即忙。如今不得不趁病已去,忙未来之先,写一封长信给你们,补说从前许多的事。

　　愿意我从去年说起么?我知道小朋友是不厌听旧事的。但我也不能说得十分详细,只能就模糊记忆所及,说个大概,无非要接上这条断链。否则我忽然从神户飞到威尔斯利来,小朋友一定觉得太突兀了!

一九二三年八月二十日　神户

　　二十早晨就同许多人上岸去。远远地看见锚山上那个青草栽成的大锚,压在半山,青得非常的好看。

　　神户街市和中国的差不多。两旁的店铺,却比较的矮小。窗户间陈列的玩具和儿童的书,五光十色,极其夺目。许多小朋友围着看。

日本小孩子的衣服，比我们的华灿，比较的引人注意。他们的圆白的小脸，乌黑的眼珠，浓厚的黑发，衬映着十分可爱。

几个山下的人家，十分幽雅，木墙竹窗，繁花露出墙头，墙外有小桥流水。——我们本想上山去看雌雄两谷，——是两处瀑布。往上走的时候，遇见奔走下山的船上的同伴，说时候已近了。我们恐怕船开，只得回到船上来。

上岸时大家纷纷到邮局买邮票寄信。神户邮局被中国学生塞满了。牵不断的离情！去国刚三日，便有这许多话要同家人朋友说么？【写作借鉴：运用夸张的修辞手法，写邮局被中国学生塞满了，表现出离家学生对家乡的思念。】

回来有人戏笑着说："白话有什么好处！我们同日本人言语不通，说英文有的人又不懂。写字罢，问他们'哪里最热闹？'他们瞠目莫知所答。问他们'何处最繁华？'却都恍然大悟，便指点我们以热闹的去处，你看！"我不觉笑了。

二十一日 横滨

黄昏时已近横滨。落日被白云上下遮住，竟是朱红的颜色，如同一盏日本的红纸灯笼，——这原是联想的关系。

不断的山，倚阑看着也很美。此时我曾用几个盛快镜胶片的锡筒，装了几张小纸条，封了口，投下海去，任它飘浮。纸上我写着：

不论是哪个渔人捡着，都祝你幸运。我以东方人的至诚，祈神祝福你东方水上的渔人！【名师点睛：体现了作者的博爱。】以及"我欲乘风归去，又恐琼楼玉宇，高处不胜寒"等等的话。

到了横滨，只算是一个过站，因为我们一直便坐电车到东京去。我们先到中国青年会，以后到一个日本饭店吃日本饭。那店名仿佛是"天香馆"，也记不清了。脱鞋进门，我最不惯，大家都笑个不住。侍

繁星·春水

女们都赤足,和她们说话又不懂,只能相视一笑。席地而坐,仰视墙壁窗户,都是木板的,光滑如拭。窗外阴沉,洁净幽雅得很。我们只吃白米饭,牛肉,干粉,小菜,很简单的。饭菜都很硬,我只吃一点就放下了。

饭后就下了很大的雨,但我们的游览,并不因此中止,却也不能从容,只汽车从雨中飞驰。如日比谷公园,博物馆等处,匆匆一过。只觉得游了六七个地方,都是上楼下楼,入门出门,一点印象也留不下。走马看花,雾里看花,都是看不清的,何况是雨中驰车,更不必说了。我又有点发热,冒雨更不可支,没有心力去浏览,只有两处,我记得很真切。

一是二重桥皇宫,隆然的小桥,白石的阑干,一带河流之后,立着宫墙。忙中的脑筋,忽觉清醒,我走出车来拍照,远远看见警察走来,知要干涉,便连忙按一按机,又走上车去。——可惜是雨中照的,洗不出风景来,但我还将这胶片留下。听说地震[1923年日本关东大地震]后皇宫也颇坏了,我竟得于灾前一瞥眼,可怜焦土!

还有就是馆中的中日战争纪念品和壁上的战争的图画,周视之下,我心中军人之血,如泉怒沸。小朋友,我是个弱者,从不会抑制我自己感情之波动。我是没有主义的人,更显然的不是国家主义者,我虽那时竟血沸头昏,不由自主的坐了下去。但在同伴纷纷叹恨之中,我仍没有说一句话。【名师点睛:作者强烈的爱国之情融于血液之中。】

我十分歉仄,因为我对你们述说这一件事。我心中虽丰富的带着军人之血,而我常是喜爱日本人,我从来不存着什么屈辱与仇视。只是为着"正义",我对于以人类欺压人类的事,我似乎不能忍受!

我自然爱我的弟弟,我们原是同气连枝的。假如我有吃不了的一块糖饼,他和我索要时,我一定含笑的递给他。但他若逞强,不由分说的和我争夺,为着"正义",为着要引导他走"公理"的道路,我就要奋然的,怀着满腔的热爱来抵御,并碎此饼而不惜!【写作借鉴:用举例

子的方法，形象地说明作者对索求与抢夺的不同态度，婉转地告诉小读者要讲道理，明事理。】

请你们饶恕我，对你们说这些神经兴奋的话！让这话在你们心中旋转一周罢。说与别人我担着惊怕，说与你们，我却千放心万放心，因为你们自有最天真最圣洁的断定。

五点钟的电车，我们又回到横滨舟上。

二十三日 舟中

发烧中又冒雨，今天觉得不舒服。同船的人大半都上岸去，我自己坐着守船。甲板上独坐，无头绪的想起昨天车站上的繁杂的木屐声，和前天船上礼拜，他们唱的"上帝保佑我母亲"之曲，心绪很杂乱不宁。日光又热，下看码头上各种小小的贸易，人声嘈杂，觉得头晕。

同伴们都回来了，下午船又启行。从此渐渐的不见东方的陆地了，再到海的尽头，再见陆地时，人情风土都不同了，为之怅然。

曾在此时，匆匆地写了一封信，要寄与你们，写完匆匆地拿着走出舱来，船已徐徐离岸。"此误又是十余日了！"我黯然地将此信投在海里。

那夜梦见母亲来，摸我的前额，说："热得很，——吃几口药罢。"她手里端着药杯叫我喝，我看那药是黄色的水，一口气地喝完了，梦中觉得是橘汁的味儿。醒来只听得圆窗外海风如吼，翻身又睡着了。第二天热便退尽。

二十四日以后 舟中

四周是海的舟岛生活，很迷糊恍惚的，不能按日记事了，只略略说些罢。

繁星·春水

同行二等三等舱中，有许多自俄赴美的难民，男女老幼约有一百多人。俄国人是天然的音乐家，每天夜里，在最高层上，静听着他们在底下弹着琴儿。在海波声中，那琴调更是凄清错杂，如泣如诉。同是离家去国的人呵，纵使我们不同文字，不同言语，不同思想，在这凄美的快感里，恋别的情绪，已深深的交流了！【名师点睛：交流不一定要用语言，别离之人心中的伤感是共通的。】

那夜月明，又听着这琴声，我迟迟不忍下舱去。披着毡子在肩上，聊御那泱泱的海风。船儿只管乘风破浪的一直的走，走向那素不相识的他乡。琴声中的哀怨，已问着我们这般辛苦的载着万斛离愁同去同逝，为名？为利？为着何来？"问君何事轻离别，一年能几团圞月？"我自问已无话可答了！若不是人声笑语从最高层上下来，搅碎了我的情绪，恐怕那夜我要独立到天明！

同伴中有人发起聚敛食物果品，赠给那些难民的孩子。我们从中国学生及别的乘客之中，收聚了好些，送下二等舱去。他们中间小孩子很多，女伴们有时抱几个小的上来玩，极其可爱。但有一次，因此我又感到哀戚与不平。

有一个孩子，还不到两岁光景，最为娇小乖觉。他原不肯叫我抱，好容易用糖和饼，和发响的玩具，慢慢地哄了过来。他和我熟识了，放下来在地上走，他从软椅中间，慢慢走去，又回来扑到我的膝上。我们正在嬉笑，一抬头他父亲站在广厅的门边。想他不能过五十岁，而他的白发和脸上的皱纹，历历地写出了他生命的颠顿与不幸，看去似乎不止六十岁了。他注视着他的儿子，那双慈怜的眼光中，竟若含着眼泪。【名师点睛：表现了一个父亲对儿子无限的爱。】小朋友，从至情中流出的眼泪，是世界上最神圣的东西。晶莹的含泪的眼，是最庄严尊贵的画图！每次看见处女或儿童，悲哀或义愤的泪眼，妇人或老人，慈祥和怜悯的泪眼，两颗莹莹欲坠的泪珠之后，竟要射出凛然的神圣的光！小朋友，我最敬畏这个，见此时往往使我不敢抬头！

这一次也不是例外，我只低头扶着这小孩子走。头等舱中的女看护——是看护晕船的人们的——忽然也在门边发见了。她冷酷的目光，看着那俄国人，说："是谁让你到头等舱里来的，走，走，快下去！"

这可怜的老人踌躇了，无主仓皇的脸，勉强含笑，从我手中接过小孩子来，以屈辱抱歉的目光，看一看那看护，便抱着孩子疲缓地从扶梯下去。

是谁让他来的？任一个慈爱的父亲，都不肯将爱子交付一个陌生人，他是上来照看他的儿子的。我抱上这孩子来，却不能护庇他的父亲！我心中忽然非常的抑塞不平。只注视着那个胖大的看护，我脸上定不是一种怡悦的表情，而她却服罪地看我一笑。我四顾这厅中还有许多人，都像不在意似的。我下舱去，晚餐桌上，我终席未曾说一句话！

<u>中国学生开了两次的游艺会，都曾向船主商量要请这些俄国人上来和我们同乐，都被船主拒绝了。可敬的中国青年，不愿以金钱为享受快乐的界限，动机是神圣的。结果虽毫不似预想，而大同的世界，原是从无数的尝试和奋斗中来的！</u>【名师点睛：在这些青年的眼中人人平等，没有地位国界之分，这也是作者所追求的。】

约克逊船中的侍者，完全是中国广东人。这次船中头等乘客十分之九是中国青年，足予他们以很大的喜悦。最可敬的是他们很关心于船上美国人对于中国学生的舆论。船抵西雅图之前一两天，他们曾用全体名义，写一篇勉励中国学生为国家争气的话，揭帖在甲板上。文字不十分通顺，而词意真挚异常，我只记得一句，是什么，"飘洋过海广东佬"，是诉说他们自己的飘流，和西人的轻视。中国青年自然也很恳挚的回了他们一封信。

海上看不见什么，看落日其实也够有趣的了，不过这很难描写。我看见飞鱼，背上两只蝗虫似的翅膀。我看见两只大鲸鱼，看不见鱼身，只远远看见它们喷水。

此外还有什么可说的呢，船上生活，只像聚什么冬令会，夏令会

繁星·春水

一般，许多同伴在一起，走来走去，总走不出船的范围。除了几个游艺会演说会之外，谈谈话，看看海，写写信，一天一天的渐渐过尽了。

横渡太平洋之间，平空多出一日，就是有两个八月二十八日。自此以后，我们所度的白日，和故国的不同了！乡梦中的乡魂，飞回故国的时候，我们的家人骨肉，正在光天化日之下，忙忙碌碌。别离的人！连魂来魂往，都不能相遇么？

九月一日之后

早晨抵维多利亚（Victoria），又看见陆地了。感想纷起！那日早晨的海上日出，美到极处。沙鸥群飞，自小岛边，绿波之上，轻轻的荡出小舟来。一夜不曾睡好，海风一吹，觉得微微怅惘。船上已来了摄影的人，逼我们在烈日下坐了许久，又是国旗，又是国歌的闹了半日。到了大陆上，就又有这许多世事！

船徐徐泛入西雅图（Seattle）。码头上许多金发的人，来回奔走，和登舟之日，真是不同了！大家匆匆地下得船来，到扶桥边，回头一望，约克逊号邮船凝默地泊在岸旁。我无端黯然！从此一百六十几个青年男女，都成了飘泊的风萍。也是一番小小的酒阑人散！【名师点睛：来到异国他乡，作者心中的漂泊之感更加强烈。】

西雅图是三山两湖围绕点缀的城市。连街衢的首尾，都起伏不平，而景物极清幽。这城五十年前还是荒野，如今竟修整得美好异常，可觇国民元气之充足。

匆匆地游览了湖山，赴了几个欢迎会，三号的夜车，便向芝加哥进发。

这串车是专为中国学生预备的，车上没有一个外人，只听得处处乡音。

九月三日以后

最有意思的是火车经过落基山,走了一日。四面高耸的乱山,火车如同一条长蛇,在山半徐徐蜿蜒。这时车后挂着一辆敞车,供我们坐眺。看着巍然的四围青郁的崖石,使人感到自己的渺小。我总觉得看山比看水滞涩些,情绪很抑郁的。

途中无可记,一站一站风驰电掣的过去,更留不下印象。只是过米西西比(Mississippi)河桥时,微月下觉得很玲珑伟大。

七日早到芝加哥(Chicago),从车站上就乘车出游。那天阴雨,只觉得满街汽油的气味。街市繁盛处多见黑人。经过几个公园和花屋,是较清雅之处,绿意迎人。我终觉得芝加哥不如西雅图。而芝加哥的空旷处,比北京还多些青草!

夜住女青年会干事舍。夜中微雨,落叶打窗,令我抚然,寄家一片,我说:

"几片落叶,报告我以芝加哥城里的秋风!今夜曾到电影场去,灯光骤明时,大家纷纷立起。我也想回家去,猛觉一身万里,家还在东流的太平洋水之外呢!"

八日晨又匆匆登车,往波士顿进发。这时才感到离群。这辆车上除了我们三个中国女学生外,都是美国人了。

仍是一站一站匆匆的过去,不过此时窗外多平原,有时看见山畔的流泉,穿过山石野树之间,其声潺潺。

九日近午,到了春野(Spring field)时,连那两个女伴也握手下车去。小朋友,从太平洋西岸,绕到大西洋西岸的路程之末。女伴中只剩我一人了。

▶ 繁星·春水

九月九日以后

九日午到了所谓美国文化中心的波士顿（Boston）。半个多月的旅行，才略告休息。

在威尔斯利大学（Wellesley College）开学以前，我还旅行了三天，到了绿野（Green field）春野等处，参观了几个男女大学，如侯立欧女子大学（Holyoke College），斯密司女子大学（Smith College），依默和司德大学（Amherst College）等，假期中看不见什么，只看了几座伟大的学校建筑。

途中我赞美了美国繁密的树林，和平坦的道路。

麻撒出色省（Massachusetts）多湖，我尤喜在湖畔驰车。树影中湖光掩映，极其明媚。又有一天到了大西洋岸，看见了沙滩上游戏的孩子和海鸥，回来做了一夜的童年的梦。的确的，上海登舟，不见沙岸，神户横滨停泊，不见沙岸，西雅图终止，也不见沙岸。这次的海上，对我终是陌生的。反不如大西洋岸旁之一瞬，层层卷荡的海波，予我以最深的回忆与伤神！

九月十七日以后 威尔斯利

从此过起了异乡的学校生活。虽只过了两个多月，而慰冰湖及新的环境和我静中常起的乡愁，将我两个多月的生涯，装点得十分浪漫。

说也凑巧，我住在闭璧楼（Beebe Hall），闭璧楼和海竟有因缘！这座楼是闭璧约翰船主（Captain John Beebe）捐款所筑。因此厅中，及招待室，甬道等处，都悬挂的是海的图画。初到时久不得家书，上下楼之顷，往往呆立在平时堆积信件的桌旁，望了无风起浪的画中的海波，聊以慰安自己。

学校如同一座花园，一个个学生便是花朵。美国女生的打扮，确比中国的美丽。衣服颜色异常的鲜艳，在我这是很新颖的。她们的性情也活泼好交，不过交情更浮泛一些，这些天然是"西方的"！

功课的事，对你们说很无味。其余的以前都说过了。

小朋友，忽忽又已将周年，光阴过得何等的飞速？明知追写这些事时，要引起我的惆怅，但为着小朋友，我是十分情愿。而且不久要离此，在重受功课的束缚以前，我想到别处山陬海角，过一过漫游流转的生涯，以慰我半年闭居的闷损。趁此宁静的山中，只凭回忆，理清了欠你们的信债。叙事也许不真不详，望你们体谅我是初愈时的心思和精神，没有轻描淡写的力量。

此外曾寄《山中杂记》十则，与我的弟弟，想他们不久就转给你们。再见了，故国故乡的小朋友！再给你们写信的时候，我想已不在青山了。

愿你们平安！

冰心

一九二四年六月二十八日，沙穰

知识考点

1.填空题。

在横滨参观馆中的中日战争纪念品和壁上的战争的图画时，"我"的情绪十分激动，虽然"我"常是喜爱_____，从来不存着什么_____。但为着"正义"，"我"对于以人类欺压人类的事，不能忍受，因此"我"列举_____的例子来形象地区分索求与抢夺的区别。

2.判断题。

（1）"我"在船上遇到的一个小孩子，他的父亲一点都不关心他，"我"因此十分心疼。　　　　　　　　　　　　　　（　　）

（2）"我"在多国多地的所见所闻丰富了自己的人生阅历，同时也时常触发"我"的思乡之情。　　　　　　　　　　　（　　）

211

繁星·春水

3.问答题。

"我"一路上经过了哪些地方？请根据日程进行梳理。

_____

_____

阅读与思考

对于"中国学生开了两次的游艺会，都曾向船主商量要请这些俄国人上来和我们同乐"，"我"是怎样看待的？

通讯二十三

名师导读

> 工作繁忙的时候需要娱乐，娱乐不是无聊的消遣，它有着重大的意义。冰心在信中对娱乐的讨论渗透着浓厚的民族自豪感，述说了丰富的民族历史，给人们的生活带来了许多乐趣。

冰季小弟：

这是清晨绝早的时候，朝日未出，朝露犹零，早餐后便又须离此而去。我以黯然的眼光望着白岭，却又不能不偷这匆匆言别的一早晨，写几个字给你。

只因昨夜在迢迢银河之侧，看见了织女星，猛忆起今天是故国的七月七夕，无数最甜柔的故事，最凄然轻婉的诗歌，以及应景的赏心乐事，都随此佳节而生。我远客他乡，把这些都睽违了，……这且不必管他。

我所要写的，是我们大家太缺少娱乐了。无精打采的娱乐，绝不能使人生润泽，事业进步。娱乐至少与工作有同等的价值，或者说娱乐是工作之一部分！

娱乐不是"消遣"。"消遣"两字的背后，隐隐地站着"无聊"。百无聊赖的时候，才有消遣；侘傺疾病的时候，才有消遣！对于国事，对于人生，灰心丧志的时候，才有消遣！试看如今一般人所谓的娱乐，是如何的昏乱，如何的无精打采？我决不以这等的娱乐为娱乐！真正的娱乐是应着真正的工作的要求而发生的，换言之，打起精神做真正的工作的人，才热烈的想望，或预备真正的娱乐！

当然的，中国人要有中国人的娱乐，我们有四千多年的故事、传说和历史。我们娱乐的时地和依据，至少比人家多出一倍。从新年说起罢，新年之后，有元宵。这千千万万的繁灯，作树下廊前的点缀，何等灿烂？舞龙灯更是小孩子最热狂最活泼的游戏。三月三日是古人修禊节，也便是我们绝好的野餐时期，流觞曲水，不但仿古人余韵，而且有趣。清明扫墓，虽不焚化纸钱，也可训练小孩子一种恭肃静默的对先人的敬礼，假如清明植树能名实相副，每人每年在祖墓旁边，种一棵小树，不到十年，我们中国也到处有了葱蔚的山林。五月五是特别为小孩子的节期，花花绿绿的香囊，五色丝，大家打扮小孩子。一年中只是这几天，觉得街头巷尾的小孩子，加倍喜欢！这天又是龙舟节，出去泛舟，或是两个学校间的竞渡，也是极好的日子。七月七，是女儿节，只这名字已有无限的温柔！凉夜风静，秋星灿然。庭中陈设着小几瓜果，遍延女伴，轻悄谈笑，仰看双星缓缓渡桥。小孩子满握着煮熟的蚕豆，大家互赠，小手相握，谓之"结缘"。这两字又何其美妙？我每以为"缘"之意想，十分精微，"缘"之一字，十分难译，有天意，有人情，有死生流转，有地久天长。<u>苏子瞻赠他的弟弟子由诗，有"与君世世为兄弟，更结来生未了因。"小弟弟，我今天以这两语从万里外遥赠你了！</u>【名师点睛：引用苏轼写给其弟的诗句，一方面是触景生情，表达了对小弟的思念，另一方面也体现了中国古典诗词蕴含的深厚文化。】

▶ 繁星·春水

　　八月十五中秋节，满月的银光之下，说着蟾蜍玉兔的故事，何其清切？九月九重阳节，古人登高的日子，我们正好有远足旅行，游览名胜。国庆日不必说，尤须庆祝一下子，只因我觉得除却政治机关及商店悬旗外，家庭中纪念这节期的，似乎没有！

　　往下不再细说了。翻开古书看一看，如《帝京景物志》之类，还可找出许多有意思可纪念的娱乐的日子来。我觉得中国的节期，都比人家的清雅，每一节期都附以温柔，高洁的故事，惊才绝艳的诗歌，甚至于集会时的食品用器，如五月五的龙舟，粽子，七月七的蚕豆，八月十五的月饼，以及各节期的说不尽的等等一切……我们是一点不必创造。【名师点睛：列举中国的传统节日及习俗，表明作者心中强烈的民族自豪感。】招集小孩子，故事现成，食品现成，玩具现成，要编制歌曲，供小孩的戏唱，也有数不尽的古诗，古文，古词为蓝本。古人供给我们这许多美好的材料，叫我们有最高尚的娱乐，如我们仍不知领略享受，真是太对不起了！

　　破除迷信，是件极好的事。最可惜的是迷信破除了以后，这些美好的节期，也随着被大家冷淡了下去。【名师点睛："可惜"流露出作者对传统节日民俗逐渐淡化的惋惜。】我当然不是提倡迷信，偶像崇拜和小孩子扮演神仙故事，截然的是两件事！

　　不能多写了。朝日已出，厨娘已忙着预备早餐。在今晚日落之前，我便可在一个小海岛之上，你可猜想我是如何的喜欢！我看《诗经》，最爱的是："蒹葭苍苍，白露为霜，所谓伊人，在水一方……溯回从之，宛在水中央。"我最喜在"水中央"三字，觉得有说不出的飘荡与萦回！——自我开始旅行，除了日记及纸笔之外，半本书也没有带，引用各诗，也许错误，请你找找看。

　　预算在海上住到月圆时节。"海上生明月"的光景，我已预备下全副心情，供它动荡，那时如写得出，再写些信寄你。

你的姊姊

一九二四年八月七日，白岭

通讯二十四

📖 名师导读

离开新汉寿之前，冰心和外国的朋友一起过了一个有趣的瓜果节。朋友们为了给冰心饯行，花了很多心思，可见朋友是一笔不可多得的财富。

我的双亲：

窗外涛声微撼，是我到伍岛（Five Islands）之第一夜。我已睡下，B女士进坐在我的床前，说了许多别后的话。她又说："可惜我不能将你母亲的微笑带来呵！"【写作借鉴：侧面描写，通过B女士的话侧面表现出作者对母亲的思念。】夜深她出去。我辗转不寐。一年中隔着海洋，我们两地的经过，在生命的波澜又归平靖之后，忽忽追思，竟有无限的感慨！

在新汉寿之末一夜，竟在白岭上过了瓜果节。说起也真有意思。那天白日偶然和众人谈起，黄昏时节，已自忘怀。午睡起后，C夫人忽请我换了新衣。K教授也穿上由中国绣衣改制的西服出来。其余众人，或挂中国的玉佩，或着中国的绸衣。【名师点睛：从朋友们的装扮中可以看出他们对中国文化的喜爱和对作者的用心。】在四山暮色之中，团团坐在屋前一棵大榆树下，端出茶果来，告诉我今夜要过中国的瓜果节。我不禁怡然一笑。我知道她们一来自己寻乐，二来与我送别。我是在家十年未过此节，却在离家数万里外，孤身作客，在绵亘雄伟的白岭之巅，与几位教授长者，过起软款温柔的女儿节来，真是突兀！

那夜是陰[根据原著写作"阴"]历初六，双星还未相迓，银汉间薄雾迷蒙。我竟成了这小会的中心！大家替我斟上蒲公英酒，K教授举杯

215

起立，说："我为全中国的女儿饮福！"我也起来笑答："我代全中国的女儿致谢你们！"大家笑着起立饮尽。

第二巡递过茶果，C夫人忽又起立举杯说："我饮此酒，祝你健康！"于是大家又纷然离座。K教授和F女士又祝福我的将来，杂以雅谑。一时杯声铿然相触，大家欢呼，我笑了，然而也只好引满——

谈至夜阑，谈锋渐趋于诗歌方面。席散后，我忽忆未效穿针乞巧故事，否则也在黑暗中撮弄她们一下子，增些欢笑！

如今到伍岛已逾九日，思想顿然的沉肃了下来。我大错了！十年不近海，追证于童年之乐，以为如今又晨夕与海相处，我的思想，至少是活泼飞扬的。不想她只时时与我以惊跃与凄动！……

九日之中，荡小舟不算外，泛大船出海，已有三次。十三日泛舟至海上聚餐，共载者十六人。乘风扯起三面大帆来，我起初只坐近阑旁，听着水手们扯帆时的歌声，真切地忆起海上风光来。正自凝神，一回头，B博士笑着招我到舟尾去，让我去把舵，他说："试试看，你身中曾否带着航海家之血！"舱面大家都笑着看我。我竟接过舵轮来，一面坐下，凝眸前望，俯视罗盘正在我脚前。这船较小些，管轮和驾驶，只须一人。我握着轮齿，觉得桅杆与水平纵横之距离，只凭左右手之转动而推移。此时我心神倾注，海风过耳而不闻。渐渐驶到叔本葛大河（Sheepcult River）入海之口。两岸较逼，波流汹涌。我扶轮屏息，偶然侧首看见阑旁士女，容色暇豫，言笑宴宴，始恍然知自己一身责任之重大，说起来不值父亲之一笑！比起父亲在万船如蚁之中，将载着数百军士的战舰，驶进广州湾，自然不可同日语，而在无情的波流上，我初次尝试的心，已有无限的惶恐。说来惭愧，我觉得我两腕之一移动，关系着男女老幼十六人性命的安全！

B博士不离我座旁，却不多指示，只凭我旋转自如。停舟后，大家过来笑着举手致敬，称我为船主，称我为航海家的女儿。

这只是玩笑的事，没有说的价值。而我因此忽忽忆起我所未想见的父亲二十年海上的生涯。我深深地承认直接觉着负责任的，无过于舟中的把舵者。一舟是一世界，双手轮转着顷刻间人们的生死，操纵着众生的欢笑与悲号。几百个乘客在舟上，优游谈笑，说着乘风破浪，以为人人都过着最闲适的光阴。不知舱面小室之中，独有一个凝眸望远的船主，以他倾注如痴的辛苦的心目，保持佑护着这一段数百人闲适欢笑的旅途！

我自此深思了！海岛上的生涯，使我心思昏忽。伍岛后有断涧两处，通以小桥。涧深数丈，海波冲击，声如巨雷。穿过松林，立在磐石上东望，西班牙与我之间，已无寸土之隔。岛的四岸，在清晨，在月夜，我都坐过，凄清得很。——每每夜醒，正是潮满时候，海波直到窗下。淡雾中，灯塔里的雾钟续续的敲着。有时竟还听得见驾驶的银钟，在水面清彻四闻。雪鸥的鸣声，比孤雁还哀切，偶一惊醒，即不复寐……

实在写不尽，我已决意离此。我自己明白知道，工作在前，还不是我回肠荡气的时候！

明天八月十七，邮船便佳城号（City of Bangor）自泊斯（Bath）开往波士顿。我不妨以去年渡太平洋之日，再来横渡大西洋之一角。我真是弱者呵，还是愿意从海道走！

你海上的女儿
一九二四年八月十六日夜，伍岛

知识考点

1.填空题。

在新汉寿之末一夜，"我"在白岭上过了_____。那天白日偶然和众人谈起，黄昏时节，已自忘怀。午睡起后，C夫人忽请"我"换了新衣。K教授也穿上由中国绣衣改制的_____。其余众人，或挂中国的_____，或着中国的绸衣。朋友们一来自己寻乐，二来与

繁星·春水

"我"_____,让"我"十分感动。

2.判断题。

(1)"我"的外国朋友对我十分用心,十分关心我。　　（　）

(2)"我"对父亲十分崇拜。　　（　）

3.问答题。

离开新汉寿之前,"我"在那里度过了一个什么节日？朋友们是如何为"我"送别的?

_____

_____

Y 阅读与思考

在这篇通讯中"我"为什么会想起父亲？都有哪些感受？

通讯二十九

M 名师导读

　　三年后,冰心从国外回到故乡,欣赏着熟悉的景物,就好像自己从来没有离开过。但是离开的这三年,常常有景物触发思乡之情,身在异乡更加感受到故乡的亲切。

最亲爱的小读者:

　　我回家了！这"回家"二字中我迸出了感谢与欢欣之泪！

　　三年在外的光阴,回想起来,曾不如流波之一瞥。我写这信的时候,小弟冰季守在旁边。窗外,红的是夹竹桃,绿的是杨柳枝,衬以北京的蔚蓝透彻的天。故乡的景物,一一回到眼前来了！【名师点睛:远离家乡多年,再次回来,家乡普通的红花绿柳、蓝天白云都变得如此可爱，表现了作者久别后回家的喜悦。]

小朋友！你若是不曾离开中国北方，不曾离开到三年之久，你不会赞叹欣赏北方蔚蓝的天！清晨起来，揭帘外望，这一片海波似的青空，有一两堆洁白的云，疏疏地来往着，柳叶儿在晓风中摇曳，整个的送给你一丝丝凉意。你觉得这一种"冷处浓"的幽幽的乡情，是异国他乡所万尝不到的！假如你是一个情感较重的人，你会兴起一种似欢喜非欢喜，似怅惘非怅惘的情绪。站着痴望了一会子，你也许会流下无主，皈依之泪！

在异国，我只遇见了两次这种的云影天光。一次是前年夏日在新汉寿白岭之巅。我午睡乍醒，得了英伦朋友的一封书，是一封充满了友情别意，并描写牛津景物写到引人入梦的书。我心中杂揉着怅惘与欢悦，带着这信走上山巅去，猛然见了那异国的蓝海似的天！四围山色之中，这油然一碧的天空，充满了一切。漫天匝地的斜阳，酿出西边天际一两抹的绛红深紫。这颜色须臾万变，而银灰，而鱼肚白，倏然间又转成灿然的黄金。万山沉寂，因着这奇丽的天末的变幻，似乎太空有声！如波涌，如鸟鸣，如风啸，我似乎听到了那夕阳[根据原著写作"陽"]下落的声音。这时我骤然间觉得弱小的心灵被这伟大的印象，升举到高空，又倏然间被压落在海底！我觉出了造化的庄严，一身之幼稚，病后的我，在这四周艳射的景象中，竟伏于纤草之上，呜咽不止！

还有一次是今年春天，在华京（Washington D. C.）之一晚。我从枯冷的纽约城南行，在华京把"春"寻到！在和风中我坐近窗户，那时已是傍晚，这国家妇女会（National Women's Party）舍，正对着国会的白楼。半日倦旅的眼睛，被这楼后的青天唤醒！海外的小朋友！请你们饶恕我，在我倏忽的惊叹了国会的白楼之前，两年半美国之寄居，我不曾觉出她是一个庄严的国度！

这白楼在半天矗立着，如同一座玲珑洞开的仙阁。被楼旁的强力灯逼射着，更显得出那楼后的青空。两旁也是伟大的白石楼舍。楼前

219

> 繁星·春水

是极宽阔的白石街道。雪白的球灯，整齐地映照着。路上行人，都在那伟大的景物中，寂然无声。这种天国似的静默，是我到美国以来第一次寻到的。我寻到了华京与北京相同之点了！

我突起的乡思，如同一个波澜怒翻的海！把椅子推开，走下这一座万静的高楼，直向大图书馆走去。路上我觉得有说不出的愉快与自由。杨柳的新绿，摇曳着初春的晚风。熟客似的，我走入大阅书室，在那里写着日记。写着忽然忆起陆放翁的"唤作主人原是客，知非吾土强登楼"的两句诗来。细细咀嚼这"唤"字和"强"字的意思，我的意兴渐渐地萧索了起来！

我合上书，又洋洋地走了出去。出门来一天星斗。我长吁一口气。——看见路旁一辆手推的篷车，一个黑人在叫卖炒花生栗子。我从病后是不吃零食的，那时忽然走上前去，买了两包。<u>那灯下黝黑的脸，向我很和气的一笑，又把我强寻的乡梦搅断！我何尝要吃花生栗子？无非要强以华京作北京而已！</u>【名师点睛：情到深处自然浓。由异国的天空想到故乡的天空，买两包花生栗子拟唤起对故乡浓浓的思念。】

写到此我腕弱了，小朋友，我觉得不好意思告诉你们，我回来后又一病逾旬，今晨是第一次写长信。我行程中本已憔悴困顿，到家后心里一松，病魔便乘机而起。我原不算是十分多病的人，不知为何，自和你们通讯，我生涯中便病忙相杂，这是怎么说的呢！

故国的新秋来了。新愈的我，觉得有喜悦的萧瑟！还有许多话，留着以后说罢，好在如今我离着你们近了！

你热情忠实的朋友，在此祝你们的喜乐！

冰心
一九二六年八月三十一日，圆恩寺

Z 知识考点

1. 填空题。

这白楼在半天矗立着,如同一座_____。被楼旁的强力灯逼射着,更显得出那楼后的青空。两旁也是伟大的白石楼舍。楼前是_____。雪白的球灯,整齐地映照着。路上行人,都在那伟大的景物中,_____。

2. 判断题。

（1）回到家后,家乡的一切在"我"眼中都十分可爱、美丽。（　　）

（2）在外国时,"我"买花生栗子是因为"我"真的很喜欢吃。（　　）

3. 问答题。

在异国他乡,"我"遇见过两次云影天光,请简要地说一说。

_____

_____

Y 阅读与思考

1. 为什么回来后普通的景物在"我"眼里十分美好？

2. "我"在文中提到外国所见的两次云天光影有什么作用？

221

再寄小读者 节选

ZAIJIXIAODUZHE JIEXUAN

通讯一

M 名师导读

在《寄小读者》发表二十年之后，冰心再次给小朋友写通讯。她向大家讲述了她的新生活，讲述了二十年间她的所感所悟以及她所追求的童心。本文以景寓情，既表现了冰心深厚的文学功底，又增强了文章的感染力。

亲爱的小朋友：

今天真是和你们重新通讯的光明的开始，山头满了阳光，日影从深密的松林中，穿射过来，幻成几根迷蒙的光柱。晴光中，一双翠鸟，低贴着潭水飞来，娇婉地叫了几声，又掠入满缀着红豆的天青丛里。岩下远近的青峰，隔着淡淡的云影，稳静地重叠地排立着。嘉陵江，绿锦似的，宛宛地向东牵引。隔江的山城，无数淡白的屋顶，错杂地隐在淡雾里。眼前一切，都显出安静，光明和欢喜。【写作借鉴：开篇借景抒情，说明此时光明欢喜的自然环境正象征着作者当时的心境。】

这正是象征着我这时的心境！自从民国十二年开始和小朋友通讯，一转眼又是二十年了。在这两次通讯中间，我又以活跃的童心，走了一大段充满了色，光，热的生命的旅途。我做了教师，做了主妇，又做了母亲。我多读了几本书，多认识了几个朋友，多走了几万里国内国外的道路。这二十年的生命中虽没有什么巨惊大险，极痛狂欢，而在我小小的心灵里，也有过瞬晴般的怡悦，暮烟般的怅惘，中宵梵唱般的感悟，清晨鼓角般的奋兴。许多事实，许多心绪，可以告诉给我的最同情的小朋友的，容我在以后的通讯里，慢慢地来陈述。

小朋友，这些年里，我收到你们许多信件，细小端楷的字迹，天

223

繁星·春水

真诚挚的言词,每次开函,都使我有无限的感谢和欢喜。为了这些信件,这几年来,我在病榻上,索居中,旅途里,永远不曾感到寂寞,因为我知道有这许多颗天真纯洁的心,南北东西地在包围追随着我!

【名师点睛:小朋友的信帮作者驱走病魔、驱走孤独,温暖了她的心,作者也非常渴望与小朋友沟通交流。最令作者感到欣慰的是,每一封信都能代表一颗天真纯洁的心。】

因此,在民国三十二年元日,我借了大公报的篇幅,来开始答谢我的小读者。这通讯将不断地继续下去,希望因着更多的经验,我所能贡献给小朋友的,比从前可以更宽广深刻一些。

愿这第一封信,将我的开朗欢悦的心情,带给每个小读者!

愿抗战后的第六个新年,因着你们,而更加快乐,更见光明!

你的朋友 冰心

一九四二年十二月十二日,歌乐山

通讯三

> **M 名师导读**
>
> 母亲去世十三年后,冰心回忆过去,母亲那颗充满仁慈的心和对生活的热爱,深深影响着她。母亲即使远去,但她的高尚品格一直留存在儿女心中,成为儿女战胜困难的宝贵财富。

亲爱的小朋友:

昨夜还看见新月,今晨起来,却又是浓阴的天!【名师点睛:开篇以和小朋友谈天的亲切口气,童心稚趣跃然纸上。】空山万静,我生起一盆炭火,掩上斋门,在窗前桌上,供上腊梅一枝,名香一炷,清茶一碗,自己扶头默坐,细细地来忆念我的母亲。

今天是旧历腊八，从前是我的母亲忆念她的母亲的日子，如今竟轮到我了。

母亲逝世，今天整整十三年了，年年此日，我总是出外排遣，不敢任自己哀情的奔放。今天却要凭着"冷"与"静"，来细细地忆念我至爱的母亲。

十三年以来，母亲的音容渐远渐淡，我是如同从最高峰上，缓步下山，但每一驻足回望，只觉得山势愈巍峨，山容愈静穆，我知道我离山愈远，而这座山峰，愈会无限度地增高的。【写作借鉴：把母亲的音容分别比作巍峨的山势和静穆的山容，表明母亲的地位在作者心中像山一般崇高，蕴含着母亲对作者博大而深沉的爱。】

激荡的悲怀，渐归平靖，十几年来涉世较深，阅人更众，我深深的觉得我敬爱她，不只因为她是我的母亲，实在因为她是我平生所遇到的，最卓越的人格。

她一生多病，而身体上的疾病，并不曾影响她心灵的健康。她一生好静，而她常是她周围一切欢笑与热闹的发动者。她不曾进过私塾或学校，而她能欣赏旧文学，接受新思想，她一生没有过多余的财产，而她能急人之急，周老济贫。她在家是个娇生惯养的独女，而嫁后在三四十口的大家庭中，能敬上怜下，得每一个人的敬爱。在家庭布置上，她喜欢整齐精美，而精美中并不显出骄奢。在家人衣着上，她喜欢素淡质朴，而质朴里并不显出寒酸。她对子女婢仆，从没有过疾言厉色，而一家人都翕然地敬重她的言词。她一生在我们中间，真如父亲所说的，是"清风入座，明月当头"，这是何等有修养，能包容的伟大的人格呵！

十几年来，母亲永恒的生活在我们的忆念之中。我们一家团聚，或是三三两两的在一起，常常有大家忽然沉默的一刹那，虽然大家都不说出什么，但我们彼此晓得，在这一刹那的沉默中，我们都在痛忆着母亲。

▶ 繁星·春水

我们在玩到好山水时想起她,读到一本好书时想起她,听到一番好谈话时想起她,看到一个美好的人时,也想起她——假如母亲尚在,和我们一同欣赏,不知她要发怎样美妙的议论?要下怎样精确的批评?我们不但在快乐的时候想起她,在忧患的时候更想起她,我们爱惜她的身体,抗战以来的逃难,逃警报,我们都想假如母亲仍在,她脆弱的身躯,决受不起这样的奔波与惊恐,反因着她的早逝,而感谢上天。但我们也想到,假如母亲尚在,不知她要怎样热烈,怎样兴奋,要给我们以多大的鼓励与慰安——但这一切,现在都谈不到了。

在我一生中,母亲是最用精神来慰励我的一个人,十几年"教师","主妇","母亲"的生活中,我也就常用我的精神去慰励别人。而在我自己疲倦,烦躁,颓丧的时候,心灵上就会感到无边的迷惘与空虚!我想:假如母亲尚在,纵使我不发一言,只要我能倚在她的身旁,伏在她的肩上,闭目宁神在她轻轻地摩抚中,我就能得到莫大的慰安与温暖,我就能再有勇气,再有精神去应付一切,但是:十三年来这种空虚,竟无法填满了,悲哀,失母的悲哀呵!

一朵梅花,无声地落在桌上。香尽,茶凉!炭火也烧成了灰,我只觉得心头起栗,站起来推窗外望,一片迷茫,原来雾更大了!雾点凝聚在松枝上。千百棵松树,千万条的松针尖上,挑着千万颗晶莹的泪珠……

恕我不往下写吧,——有母亲的小朋友,愿你永远生活在母亲的恩慈中。没有母亲的小朋友,愿你母亲的美华永远生活在你的人格里!

你的朋友　冰心
一九四三年一月三日,歌乐山

Z 知识考点

1.填空题。

在"我"一生中,_____是最用精神来慰励"我"的一个人,十几年"教师","主妇","母亲"的生活中,"我"也就常用"我"的精神去慰励别

人。而在"我"自己疲倦,烦躁,颓丧的时候,假如_____
_____,"我"就能得到莫大的慰安与温暖。

2.判断题。

（1）母亲不论是身体还是心灵都很健康。　　　　　　（　　）

（2）母亲上过学堂,因此她能欣赏旧文学,接受新思想。（　　）

3.问答题。

为什么"我"有时候会因母亲的早逝,而感谢上天?

_____

_____

阅读与思考

读了这篇文章,说说你的母亲是什么样的,她身上又有哪些东西值得你去学习?

三寄小读者 节选

SANJIXIAODUZHE JIEXUAN

通讯四

M 名师导读

　　冰心从自己的写作经验和实践来谈论怎样写好作文：首先，创作来源于生活，要描写生活中感人的事情；其次，多看书读书，从书中积累词汇应用到写作中。冰心希望小朋友们爱读书，成为优秀的社会主义接班人。

亲爱的小朋友：

　　这些年来，尤其是最近，我常常收到小朋友们的来信，问我怎样才能写好作文。我真觉得一时无从说起，而且每个小朋友的具体情况不同，我也不能一一作答。我想来想去，只能从我自己的写作经验和实践说起。【写作借鉴：从自身实际经验来谈写作方法，增强说服力，体现作者对小朋友无私的爱，对祖国未来的期望。】

　　首先，创作来源于生活，没有生活中的真情实事，写出来的东西就不鲜明、不生动；没有生活中真正感人的情境，写出来的东西，就不能感人。古人说"情文相生"，也就是说真挚的感情，产生了真挚的文字。那么，从真实的生活中，把使你喜欢或使你难过的事情形象地反映了出来，自然就会写成一篇比较好的文章。

　　许多小朋友问道："我遇到过许多使我感动的事情，心里也有许多感想，可就是有'意思'没有'词儿'，怎样办？"那么，从我自己的经验来说，除了多看书多借鉴之外，没有别的办法。

　　小朋友比我幸福多了！我小的时候，旧社会很少有为儿童编写的读物，也很少适宜于儿童阅读的东西。我只在大人的书架上乱翻，勉强看得懂的，就抽出来看，那些书也不过是《西游记》、《水浒传》、《三国演义》之类，以后就是些唐诗、宋词，以及《古文观止》等等，但是现

229

繁星·春水

在想起来，也就是这些古书，给了我很大的益处。

毛主席教导我们说："我们必须继承一切优秀的文学艺术遗产，批判地吸收其中一切有益的东西，作为我们从此时此地的人民生活中的文学艺术原料创造作品时候的借鉴。有这个借鉴和没有这个借鉴是不同的，这里有文野之分，粗细之分，高低之分，快慢之分。"我自己对于毛主席这段话的体会是借鉴前人的文章诗词，至少可以丰富我们的词汇，使得我们在写情写境的时候，可以写得更简练些，更鲜明些，更生动些。

"四人帮"打倒了，不但有更多的少年儿童刊物和读物出版了，还有许多在"四人帮"横行时候，不能再版的现代作品，如《刘白羽散文选》，以及"四人帮"打倒了之后的新作品，如刘心武老师的《母校留念》短篇小说集等也出版了。我只举了以上两本，其他还有许许多多，有待于小朋友自己去翻阅了——此外，重新出版了《唐诗选》、《宋词选》、《古文观止》等古书，这些古代作品，都是经过精选的，有机会可以拿来看看，不懂得的地方可以看注解，还可以问老师；最方便的还是自己会用工具书，如查《新华字典》，或《辞海》、《辞源》。一个词或字，经过自己去查去找，也更容易记住。

就这样，你看的书多了，可以借鉴的东西也多了，你的词汇就丰富了。当你写一篇作文，如《我的第一位老师》的时候，你的第一位老师的形象，微笑地站在你的面前，你就会运用你新学到的词汇，来描写她的容貌、声音、语言、行动。因为你写的是你所熟悉的真人真事，而你写得又那样地鲜明生动，那自然就是一篇好文章。当你写一篇作文，如《动物园的一天》，你就会用你新学到的词汇，来描写出你所看到的鸟、兽、虫、鱼、花、草、树、木的种种的颜色、动作和声音。因为你形容得那么逼真、活泼，就一定会得到读者的欣赏和共鸣。这就是"情文相生"的另一方面！

小朋友，炎暑过去了，学校又开学了，我能体会到你们见到老师

和同学们,以及捧着新课本时的欢喜情绪,这都是鼓舞你们向科学文化进军的力量。我希望你们不但要好好学习课内的书,有空的时候,也多看些课外的书,比如说,像我在上面提到的那一些。这不但是为帮助你写好作文,最重要的还是扩大你的知识面。知识就是力量,我们社会主义祖国的接班人,就需要这种力量,是不是?

希望你们爱书,好书永远是我们最好的朋友!

你们的朋友 冰心
一九七八年九月七日

知识考点

1.填空题。

"我"认为首先创作来源于生活,没有生活中的真情实事,写出来的东西就不鲜明,所以要_____。但有很多小朋友觉得遇到的感动的事情很多,心里的感情也很丰富,就是表达不出来,这时候就需要_____。

2.判断题。

(1)"我"认为自己很幸运,因为"我"小时候有许多为儿童出版的读物。   (　　)

(2)在看古书时有不懂的地方,可以看注解,问老师或者查工具书。   (　　)

3.问答题。

在这篇通讯中,冰心认为怎样才能写好作文?

_____

_____

▶ 繁星·春水

Y 阅读与思考

1."我"把自己的写作经验和实践分享给小朋友们的目的是什么？
2.读完这篇文章之后,你在写作方面有哪些启发？今后该怎么做？

通讯六

M 名师导读

　　爆竹声声辞旧岁,春节正是万象更新的好时节。这一年,也是中国社会辞旧迎新的好时机。冰心在这封信中劝告小朋友们立足实际,努力学习,做社会主义现代化建设的接班人。

亲爱的小朋友：

　　窗外一声爆竹,把我从沉思中惊醒了,往窗外看时,我看见一个小朋友正在雪地上放爆竹呢。他只有七八岁光景,穿着一件蓝色棉袄,蹲在地上,把手臂伸得长长地在点一支立在地上的鞭炮。远远地还站着一个穿着红色棉袄的小女孩,大概是他的妹妹吧。她双手捂着耳朵,充满着惊喜的双眼却注视着那嗞嗞发声的鞭炮……多么生动而可爱的一幅图画呵！这使我想起我小的时候,每到新春季节,总会看见人家门口贴的红纸春联,上面有的写着"爆竹一声除旧,桃符万户更新"——桃符就是春联的别名——这对春联,到现在也还有其现实的意义,就是说一声巨响的爆竹,一阵浓烈的硝烟,扫除了阻碍我们前进的一切旧的东西,比如说,封建主义、官僚主义;【名师点睛:将对联与现实结合起来,赋予对联新的含义。】之后,家家户户的春联还要写上他们自己迎接新春的最新最好的决心和愿望,这不但是鞭策自己,也是鼓励别人！小朋友,一九七九年来到了,我们最新最美的决心和愿望是什么呢？

党的三中全会，向我们号召说："全党工作的着重点应该从一九七九年转移到社会主义现代化的建设上来。"小朋友，你们都是社会主义现代化的后备军，今天，你们的着重点应该放在哪里呢？【写作借鉴：疑问句，既引起读者的阅读兴趣，又引出正题。】

四个现代化关键在科技，基础在教育，而中小学的教育更是基础的基础！那么，在中小学的课程里，哪一门是最重要的呢？我觉得最重要的还应当是语文！

文字是写在纸上的语言，认不清、看不懂文字就等于视而不见的瞎子，写不出、写不好文字就等于说不出话的哑巴。生活在旧社会的广大劳动人民所吃过的不识字的苦，我们听到看到的难道还少吗？

有好几位数、理、化的教师，都恳切地对我谈过，学生如不把语文学好，就看不懂数、理、化的书本和习题，对于他所认为最重要的数、理、化课程，就不会有很好的理解。他们感慨地说："数、理、化学不好，拉了四个现代化的后腿，而语文学不好，就拉了数、理、化的后腿。"他们讲得多么深刻呵！【名师点睛：说明了语文是学好其他一切课程的基础和工具。】

学习语文本来就是要培养我们识字、阅读和写作的能力，这是在四个现代化长征路上最起码的武装。语文又是一切装备中，最锐利的武器。语文学好了，工作才能做好，才能精益求精，学外语也是如此。还有，无论外语学得多好，如果不在本国语文上下功夫，也就不能把外语翻译得准确、鲜明、生动，也就不能收到"洋为中用"的效果！

要学好语文，上课、听讲、做作业，当然是主要的，但这还不够。我们一定要把学习语文的门户开得大大的，一定要除了课本之外，各人自己找书看，看到好书之后，同学之间还要互相介绍，也要向老师和家长请教。

小朋友，切不可把看书当作一种负担，看书是一种快乐，一种享受。苏联文学家高尔基曾经这样说过："我兴奋地、惊异地阅读了许多

繁星·春水

书，但这些书并没有使我脱离现实，反而加强了我对现实的兴趣，提高了观察、比较的能力，燃起了我对生活知识的渴望。"【写作借鉴：引用名言，增加文章的说服力。】你一旦进入了生活知识的宝库，你就会感到又喜又惊，流连忘返。而你从这宝库里所探到的一切，就会把你"全副披挂"了起来，使你能在社会主义现代化的长征路上，成为一个无比坚强的战士。

让我告诉你们一个大好的消息：全国少年儿童读物出版工作会议，拟定了一个一九七八年至一九八〇年部分重点少儿读物出版的规划。拟定出版的图书有：《少年百科全书》、《小学生文库》、《少年自然科学丛书》、《少年科学画册》以及《外国儿童文学名著》等将近三十套。我们有了已经出版的许多儿童读物，再加上这将近三十套的图书，在将来的三年中，就尽够你们在知识的海洋中游泳的了。不是吗？

我在充满了希望与喜悦的心情之中，向你们祝贺，愿你们过一个健康快乐的春节！

你们的朋友 冰心

一九七八年十二月三十日

Z 知识考点

1.填空题。

学习语文本来就是要培养我们_____、_____和_____的能力，这是在_____长征路上最起码的武装。_____又是一切装备中，最锐利的武器。

2.判断题。

（1）数学是一切学科的基础，我们一定要学好数学。　　（　　）

（2）"我"在这封信中劝告小朋友们努力学习，将来为社会做出贡献。

（　　）

3.问答题。

"我"为什么认为要学好语文?

_____

_____

阅读与思考

1."我"认为怎样才能学好语文?

2.文中引用高尔基的话有什么作用?

通讯八

名师导读

此时的冰心已是近80岁的老人了,在写《寄小读者》已过去55年,《再寄小读者》也已过去20年之后,她老人家仍然心系她心中的小朋友,真是难能可贵。这次她会在信中注入哪些新的、充满活力的精神力量呢?

亲爱的小朋友:

节日好!好久没有给你们写信了,但是在这一春天里,我一刻也没有把你们忘掉,【名师点睛:说明冰心一直心系着小朋友们,这是多么亲切、和蔼的语气。】特别是看到春草绿了,春花开了,想到在春天里生气勃勃地锻炼着、学习着、工作着的我国的两亿小朋友,我对我国的四个现代化的未来,总是充满着希望和喜悦。现在借着向你们祝贺节日的机会,告诉你们我最近遇到的很难忘记的一件事。【写作借鉴:承上启下,引出下文。】

有一天早晨,我出去开会,因为是雨后初晴,这大院里的地上还是很滑的,我只顾低头看路,忽然听见前面有清脆的声音叫:"老爷爷,

235

繁星·春水

慢点走，等我来扶您！"【写作借鉴：未见其人，先闻其声。激发读者的阅读兴趣。】抬头看时，原来是一个背着书包、戴着红领巾、梳着双辫的小姑娘，正在追上一位老爷爷，扶着他的胳臂，慢慢地走过一段泥泞的路。【名师点睛：反映了小姑娘的细心与体贴。】等到走上了柏油大路，老爷爷向她点了点头，她才放了手，笑着跳着向前走了。这时马路边有几个小孩子，正在围住一棵新栽上的小杨树使劲地摇晃。【写作借鉴：交代事情的起因。】这个小姑娘走过去，不知道对那些孩子说些什么，孩子们都放了手，抬头看着她不好意思地笑着。她笑着拍了拍每个孩子的头，正要往前走，又看见马路上散落着一些纸片，那是走在她前面的那个男孩子边走边撒的。她就停下来，把那些碎纸一片一片地捡了起来，三步两步地追上前去，把这些纸塞在那个男孩子的手里。【名师点睛：从扶老人、教育摇树苗的小孩子和捡纸片事件来看，一个心灵美的小女孩呈现在读者面前。】他们站在路边说了几句话，我也听不见他们说些什么，只看见那个男孩子先是低下头，后来又点了头，最后他们两人又说又笑地向前走去。

我想再跟她走下去，但是我开会地点和她要去的学校不在一条路上，我们必须分开走了。而我还是站在路口望着他们并肩走去的背影，久久舍不得离开。

多么好的一个孩子！只在短短的几分钟里，短短的一段路上，她已经做了这几件好事，那么，在一天、一年、一生中，她该为人民为国家做多少好事呢？【写作借鉴：反问句，增强文章的表达效果。】

亲爱的小朋友，我们都知道而且坚信，只有现在的"三好"学生，才能胜任地负起实现我国四个现代化的光荣任务。

关于怎样能做到身体好，学习好，小朋友们一定都听得很多，在此我就不多说了。因着那位小姑娘的启发，对于怎样做到工作好，我倒有点想法。小朋友们不但在家庭里和学校里有许多工作可做，而且在社会上也可以做许多工作。就像我看到的那个小姑娘，她在上学路上，就扶着一位老大爷走过一段难走的泥路；还说服了几个小孩子，要他们爱护绿化城市的树木；还帮助她的同学，要他爱护公共卫生和整洁的市容。她不知道我跟在她后面，她不是做给我看。她的这些良好的表现是从她所受过的良好的家庭、学校、社会教育里逐渐养成的。习惯成自然，她的良好的一言一行是多么自然，多么可爱。【名师点睛：冰心老人对小姑娘一系列的行为进行高度的评价，字里行间透露着对其他小朋友的期望。】

小朋友，让我们都向她学习，一个小朋友每天做几件好事，那么两亿小朋友会做出多少好事呢？我们祖国面貌的日日更新，还会是一件很难的事情吗？【名师点睛：结尾发出号召：向小姑娘学习，我们的祖国会更加美好。】

小朋友们一定会看到更多的像我所看到的这样闪光的儿童形象，不妨也写出来让我们互相学习吧！

再一次祝你们节日快乐！

你们的朋友 冰心

一九七九年五月十二日

阅读与思考

1. 一天早晨，冰心老人出去开会的路上看到了什么？
2. 我们要向文中的小女孩学习什么？

繁星·春水

小橘灯

M 名师导读

冰心在重庆郊外认识了一个小姑娘,小姑娘即使生活贫困、无所依靠,依然善良、乐观、镇定、勇敢地面对生活,这深深感动了冰心。

<u>这是十几年以前的事了。</u>【名师点睛:反映"我"对这件事记忆犹新。】

在一个春节前一天的下午,我到重庆郊外去看一位朋友。她住在那个乡村的乡公所楼上。走上一段阴暗的仄仄的楼梯,进到一间有一张方桌和几张竹凳、墙上装着一架电话的屋子,再进去就是我的朋友的房间,和外间只隔一幅布帘。她不在家,窗前桌上留着一张条子,说是她临时有事出去,叫我等着她。

<u>我在她桌前坐下,随手拿起一张报纸来看,忽然听见外屋板门吱的一声开了,过了一会儿,又听见有人在挪动那竹凳子。我掀开帘子,看见一个小姑娘,只有八九岁光景,瘦瘦的苍白的脸,冻得发紫的嘴唇,头发很短,穿一身很破旧的衣裤,光脚穿一双草鞋,正在登上竹凳想去摘墙上的听话器,看见我似乎吃了一惊,把手缩了回来。我问她:"你要打电话吗?"她一面爬下竹凳,一面点头说:"我要××医院,找胡大夫,我妈妈刚才吐了许多血!"我问:"你知道××医院的电话号码吗?"她摇了摇头说:"我正想问电话局……"我赶紧从机旁的电话本子里找到医院的号码,就又问她:"找到了大夫,我请他到谁家去呢?"她说:"你只要说王春林家里病了,她就会来的。"</u>【写作借鉴:用一连串的动作、语言描写,表现出小姑娘的镇定、勇敢。】

238

我把电话打通了,她感激地谢了我,回头就走。我拉住她问:"你的家远吗?"她指着窗外说:"就在山窝那棵大黄果树下面,一下子就走到的。"说着就噔、噔、噔地下楼去了。

我又回到里屋去,把报纸前前后后都看完了,又拿起一本《唐诗三百首》来,看了一半,天色越发阴沉了,我的朋友还不回来。我无聊地站了起来,望着窗外浓雾里迷茫的山景,看到那棵黄果树下面的小屋,忽然想去探望那个小姑娘和她生病的妈妈。我下楼在门口买了几个大红橘子,塞在手提袋里,顺着歪斜不平的石板路,走到那小屋的门口。【写作借鉴:推动情节发展。为后文"我"送橘子,小姑娘制作并送给"我"小橘灯做铺垫。】

我轻轻地叩着板门,刚才那个小姑娘出来开了门,抬头看了我,先愣了一下,后来就微笑了,招手叫我进去。【名师点睛:通过对小姑娘的动作和神态的描写,表现了小姑娘由惊讶到高兴的心理变化过程。】这屋子很小很黑,靠墙的板铺上,她的妈妈闭着眼平躺着,大约是睡着了,被头上有斑斑的血痕,她的脸向里侧着,只看见她脸上的乱发,和脑后的一个大髻。门边一个小炭炉,上面放着一个小沙锅,微微地冒着热气。这小姑娘把炉前的小凳子让我坐了,她自己就蹲在我旁边,不住地打量我。【名师点睛:即使身处困境,小姑娘仍然十分懂礼貌。】我轻轻地问:"大夫来过了吗?"她说:"来过了,给妈妈打了一针……她现在很好。"她又像安慰我似的说:"你放心,大夫明早还要来的。"我问:"她吃过东西吗?这锅里是什么?"她笑说:"红薯稀饭——我们的年夜饭。"我想起了我带来的橘子,就拿出来放在床边的小矮桌上。她没有做声,只伸手拿过一个最大的橘子来,用小刀削去上面的一段皮,又用两只手把底下的一大半轻轻地揉捏着。

我低声问:"你家还有什么人?"她说:"现在没有什么人,我爸爸到外面去了……"她没有说下去,只慢慢地从橘皮里掏出一瓣一瓣的橘瓣来,放在她妈妈的枕头边。

繁星·春水

炉火的微光，渐渐地暗了下去，外面变黑了。我站起来要走，她拉住我，一面极其敏捷地拿过穿着麻线的大针，把那小橘碗四周相对地穿起来，像一个小筐似的，用一根小竹棍挑着，又从窗台上拿了一段短短的蜡头，放在里面点起来，递给我说："天黑了，路滑，这盏小橘灯照你上山吧！"【名师点睛：反映出小姑娘的心灵手巧，更重要的是有一颗对他人的关爱之心，难能可贵。】

我赞赏地接过，谢了她，她送我出到门外，我不知道说什么好，她又像安慰我似的说："不久，我爸爸一定会回来的。【名师点睛：小姑娘坚信反动派会垮台，相信父亲。】那时我妈妈就会好了。"她用小手在面前画一个圆圈，最后按到我的手上："我们大家也都好了！"【名师点睛：反映小姑娘认为社会必会发生翻天覆地的变化，表现了她对前途的乐观。】显然的，这"大家"也包括我在内。

我提着这灵巧的小橘灯，慢慢地在黑暗潮湿的山路上走着。这朦胧的橘红的光，实在照不了多远，但这小姑娘的镇定、勇敢、乐观的精神鼓舞了我，我似乎觉得眼前有无限光明！我的朋友已经回来了，看见我提着小橘灯，便问我从哪里来。我说："从……从王春林家来。"她惊异地说："王春林，那个木匠，你怎么认得他？去年山下医学院里，有几个学生，被当做共产党抓走了，以后王春林也失踪了，据说他常替那些学生送信……"

当夜，我就离开那山村，再也没有听见那小姑娘和她母亲的消息。

但是从那时起，每逢春节，我就想起那盏小橘灯。十二年过去了，那小姑娘的爸爸一定早回来了。她妈妈也一定好了吧？因为我们"大家"都"好"了。【名师点睛：回到现实中，首尾呼应，对小姑娘深切、长期的怀念之情。】

（原载1957年1月31日《中国少年报》）

Z 知识考点

1.填空题。

我掀开帘子，看见一个小姑娘，只有八九岁光景，瘦瘦的_____脸，_____的嘴唇，头发_____，穿一身_____的衣裤，光脚穿一双草鞋，正在登上竹凳想去摘墙上的听话器，看见我似乎吃了一惊，把手缩了回来。

2.判断题。

（1）"屋子很小很黑"是对小姑娘家庭环境的描写，由此可见她的家境很贫寒。（　　）

（2）小姑娘笑着告诉"我"'红薯稀饭——我们的年夜饭'，表现了她乐观的性格特征。（　　）

3.体会修饰词语的表达效果。

（1）"她笑说：'红薯稀饭——我们的年夜饭。'"这句话中的"笑"能不能去掉？为什么？

_____

_____

（2）"不久，我爸爸一定会回来的。"请说说这句话中"一定"的作用。

_____

_____

Y 阅读与思考

1."她又像安慰我似的"表现小姑娘的什么精神？

2."天色越发阴沉了""窗外浓雾里迷茫的山景"有何含义？

繁星·春水

《繁星·春水》读后感

　　第一次找到这本书时，我立刻被它至美的名字吸引了。《繁星·春水》——读到这个名字时，浮现在我面前的是一幅自然、清新、雅淡的水墨画，这是一幅多么美好的画面。我毫不犹豫地买下了这本书。

　　轻轻地掀开书页，我就被作者的才华吸引了，这一首首小诗晶莹清丽，轻柔俊逸，连标点符号都透着灵气。我深深地沉醉其中，渐渐地爱上了这种文字，喜欢上了这种情趣。

　　"繁星闪烁着——深蓝的天空，何曾听得见他们对语？沉默中，微光里，他们深深的互相颂赞了。"第一段零碎的思想，冰心奶奶把这繁星描写得如此可爱，在我面前勾勒出一幅宁静、温柔、自然和谐的画面。星星被作者丰富的想象描绘得灵动、温馨。它们互相颂赞，相互交谈，给大自然增添了许多清幽、明丽，赋予了更多的魅力，也含蓄地抒发了自己对"爱"的追求。

　　读着另一段话，我被它感动了。"母亲呵！天上的风雨来了，鸟儿躲到它的巢里；心中的风雨来了，我只躲到你的怀里。"简短的几句话，写出了作者对母亲的思念和感激之情，一个"只"字，道出了母亲是人生唯一的避难所。这首短诗，让我不由得想到了我的母亲，母爱是最纯真的，最伟大的，是世界上任何一种爱所不能企及的。母亲的爱像一缕春风，让我孤寂的心从此绿了；母亲的爱像一束阳光，让我沮丧的心从此亮了；母亲的爱像滋润的雨，让我昂首挺胸，茁壮成长。母爱让我扬起风帆，航行在大海上；母爱使我鼓足信心，走在人生的道路上。妈妈，我爱你！

"成功的花，人们只惊慕她现时的明艳！然而当初她的芽儿，浸透了奋斗的泪泉，洒遍了牺牲的血雨。"这首诗使我感慨万千，成功者是值得羡慕和佩服的，然而人们啊，在惊羡和佩服的同时，也想想他获得成功的艰辛吧！成功，既要不懈地努力又要有顽强的意志，只有你一步步地踏踏实实向前走，跨越大山，坚定不移地走出那些看似美好而暗藏杀机的地方，才能真正成功！

看着看着，我对"成功"又有了另一种理解。"年轻人！只是回顾么？这世界是不住地前进呵。"曾经的辉煌已经过去了，不要迷恋沉醉在以往的功绩上了，明天才是真正值得你思考的。生命的意义在于不断地前进，不断地奋斗，沉醉在以往的成功当中，只会从英雄变成平凡者。人们啊，请珍惜时光，不断奋斗吧！

冰心的诗如一杯醇香、甘美的茶，要细细地品读。读了冰心的诗，我受到了很多的启发！宝剑锋从磨砺出，梅花香自苦寒来。我要珍惜时光，努力奋斗！我相信，成功的大门会为我而开！

繁星·春水

参考答案

繁星

自序

知识考点

1. 泰戈尔 《迷途之鸟》
2. 冰仲 冰叔 冰季

二

知识考点

1. A
2. 比喻。将童年时光比作美好的梦境，生动形象地表达了诗人对童年时光的追忆与赞颂。

四

知识考点

1. 童真
2. 对小弟弟的喜爱之情。
3. 运用了比喻的修辞手法，把三个弟弟比作三颗星星，生动形象地写出了小弟弟美好、可爱，给人带来欢乐的特点。表达了诗人对小弟弟的喜爱之情。

一〇

知识考点

1. B

2. 比喻。阐释了关于付出和得到、耕耘和收获的哲理。

一六

知识考点

1. 诗人劝我们要把握好现在，勤奋努力地学习，脚踏实地地工作。
2. 一个"小心"，用词精妙，无限关爱、叮咛之情溢于言表。

一七

知识考点

言不尽意，比如对亲人的爱不是用文字语言可以完全表达出来的。

三一

知识考点

眼泪和痛苦是对文学创作最好的素材，而文学家的成就在于对人类精神世界的耕耘。

三六

知识考点

1. （1）形象地写出了阳光的热情。
（2）形象地写出刺果的力量和反抗精神。
2. 颂扬了敢于反抗、勇于斗争的精神。
启示：不要向恶劣的环境屈服，不要

丧失希望和进取精神,只要抓住机遇,努力向上,就会有惊天动地的壮举。

四五

知识考点

做人要谦虚,实践出真知。

五五

知识考点

1. 明艳　对比
2. 不好。"惊慕"比"羡慕"多一层惊叹的意味,更能衬托成功之花的明艳,也更能表现"人们"对"成功的花"成功的原因不够了解。
3. 表达了对人们只惊慕于别人成功所得到的荣誉,却看不到在成功背后所付出的艰苦劳动的感叹,表露了诗人对这种现象不认可的态度。

六一

知识考点

理想。

七四

知识考点

表达了诗人对童真和童心的赞美之情。

八一

知识考点

诗人把大自然当作是疲乏时休息的乐园,表现了诗人对自然的爱和依恋。

九八

知识考点

要树立自信心,坚信我们可以依靠自己走出一条属于自己的路。

一〇六

知识考点

B

一一一

知识考点

每个人、每种事物都有自身的独特之处。

一二二

知识考点

真理是客观存在的,我们要靠自己的思考才能获得它,没有捷径可走。

一二八

知识考点

描绘了一幅高大刚毅的海军父亲独立在旗台上、守家卫国的图景。表达了对保卫祖国的军人的崇敬之情。

一三一

知识考点

B

一三七

知识考点

人不应停留在虚无的幻想中,而应丢掉幻想,脚踏实地,勇敢地面对现实。

一四三

知识考点

思想总是赶不上时间的脚步以及

理想与现实的巨大差距。

一五四

知识考点

正在成长中的青年。

一五九

知识考点

1.第一个"风雨"指自然界的风雨;第二个"风雨"是指生活中的失败和挫折。

2.①两诗共同的情感:对母爱的深情赞颂;②特色:诗人以生动形象的比喻,将赞颂母爱之情传达出来,短小精悍,自然含蓄却又情真意切。

春水

一

知识考点

1.借景抒情。这首诗借春水抒发了对大自然的热爱之情,使小诗感情有所依附,更有感染力。

2. 又是一年的春天了,在春风的吹拂下,水面荡起层层鱼鳞般的波纹,春水清澈见底,鱼儿欢快追逐,这么美好的景色,真想在春水中照个影儿啊!

3.诗人通过对春水的摹写,展现出春水的可爱和美好,表达了诗人对大自然的赞美,对时光流逝的感叹之情。

三

知识考点

1.没有目的、没有理想的人生图景

2.A

一四

知识考点

要在大自然中汲取创作的营养,以及对于人类情感太枯燥的慨叹。

一八

知识考点

时代的先驱者。

二四

知识考点

没有平凡,就显不出伟大。

三三

知识考点

1.自命清高,自我欣赏

2.作者 墙角的花 不要孤芳自赏 天地便小了

3.告诉人们不要做"墙角的花",不要缺乏自知之明,孤芳自赏,只有胸襟开阔,虚怀若谷,才能不断进取,才会拥有一片无限的"天地"。

四五

知识考点

告诉年轻人要坚守理想,不懈努力。

五三

知识考点

诗人希望青年能成就自己的梦

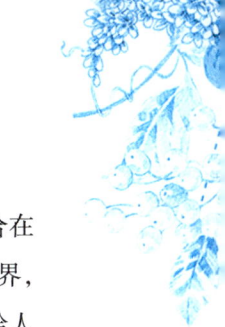

想。启发我们要在艰苦的环境中磨炼自己的意志。

六四

知识考点

诗人借此盛赞了儿童纯洁的心灵。

六七

知识考点

C

七六

知识考点

1. "增加"的意思是在原有的基础上加多了,这句话的意思是既有寂寞又有郁闷,而不是寂寞中郁闷,准确生动。

2. 工作可以消除郁闷、烦恼,带来快乐。告诫我们要努力工作,人生因充实而充满快乐。

九〇

知识考点

年轻人要有自信,因为自信是命运的引导者。

九六

知识考点

A

一〇五

知识考点

1. 这首诗把对母爱的歌颂,对童真的呼唤,对自然的咏叹完美地融合在一起,营造出一个至善至美的世界,感情诚挚深沉,语言清新典雅,给人以无穷的回味和启迪。

2. (示例)玉兔在嫦娥的怀里,嫦娥在月亮里,月亮在浩瀚的宇宙里。

一一九

知识考点

诗中不仅要有激情澎湃的场面,也要有平淡朴实的内容。

一二一

知识考点

诗人对自然、对生命的尊重与热爱之情。

一三四

知识考点

诗人以海比喻人生,告诉我们只有珍惜时光、努力奋斗,才能获得美满人生。

一四六

知识考点

经验——智慧——烦恼,这就是人生无休无止的循环,这也是人生必经的道路。

一五五

知识考点

事物是有多方面的,不能只从一个方面、一个角度去看事物。

一五九

知识考点

表达了诗人对家的思念和对明月

的赞美。

一六九

知识考点

诗人认为生与死都是人所必然要经历的过程,劝告人们生命短暂,应好好珍惜。

一七四

知识考点

1.这两个词表达了诗人对青年的殷切期望:珍惜生命,认真对待人生,不要虚度年华。描写:用语言文字等把事物形象地表现出来。在此处意为在人生的青春岁月,要好好地学习、锻炼、贡献。着笔:用笔、下笔。诗人希望青年能投身事业,参加战斗。

2.含有珍惜、重视、认真的意思。

3.(示例)人生是一支歌,悠扬的旋律谱写出你春天的耕耘和秋天的收获。 人生好比爬山,要一步一个脚印地去走,才能达到顶峰。

4.鼓励青年人要珍惜青春,珍惜时间,切莫虚度年华,以自身的言行为自己书写历史。

5. 充分表达了劝勉、告诫青年人应珍惜青春、惜时如金地创业,切莫虚度年华的殷切希望。

寄小读者 节选

通讯二

知识考点

1.小鼠 虎儿 勉强的笑 流下泪来

2.(1)× (2)√

3.三次。第一次写老鼠"不走",体现了老鼠的大胆。第二次写老鼠"不走",表现了作者的惊讶。第三次写老鼠"不走",体现了"我"对老鼠即将丧命仍不逃走的无奈。

通讯三

知识考点

1.江南 小孩子 天真纯洁

2.(1)× (2)√

3.为的要自由一些,安静一些,好写些通讯。"我"对房子很满意,因为没有人来搅扰"我"。

通讯五

知识考点

1.蚌埠 五十岁 爱怜 斥责

2.(1)× (2)×

3.因为他们又勇敢,又大方,即使心里舍不得又难过,仍然会让孩子去做想做的事,不会表露出自己的不舍来牵绊孩子。

通讯七

知识考点

1.游戏散步 小孩子 海唤起了"我"

童年的回忆

2.(1)√ （2)×

3.海好像"我"的母亲,湖是"我"的朋友。海是深阔无际,不着一字,她的爱是神秘而伟大的,"我"对她的爱是归心低首的。湖是红叶绿枝,有许多衬托,她的爱是温和妩媚的,"我"对她的爱是清淡相照的。

通讯九

知识考点

1.(1)× （2)× （3)√

2.为了说明自己在国外得到了许多关心和照顾,希望父亲放心。

通讯十五

知识考点

1.爱尔兰　父亲　她的父亲纵酒狂放,醉后时时虐待他的儿女　祖母

2.(1)× （2)√

3.5个。"我"明白了人生中不仅有欢乐,也有痛苦,对待经历痛苦的人要有爱心、同情心。

通讯十八

知识考点

1.日本人　屈辱与仇视　"我"和弟弟

2.(1)× （2)√

3.八月二十日神户,二十一日横滨,二十三日至九月一日前在去美国的船上,九月一日后到西雅图,九月七日到芝加哥,九月九日到波士顿,九月十七日以后在威尔斯利。

通讯二十四

知识考点

1.瓜果节　西服　玉佩　送别

2.(1)√ （2)√

3.瓜果节。朋友们都换上中国的服装和配饰,端来茶果和蒲公英酒,一边喝酒一边聊天。

通讯二十九

知识考点

1.玲珑洞开的仙阁　极宽阔的白石街道　寂然无声

2.(1)√ （2)×

3.第一次是前年夏日在新汉寿白岭之巅。走上山巅去,猛然见了那异国的蓝海似的天！四围山色之中,这油然一碧的天空,充满了一切。漫天匝地的斜阳,酿出西边天际一两抹的绛红深紫。这颜色须臾万变,而银灰,而鱼肚白,倏然间又转成灿然的黄金。万山沉寂,因着这奇丽的天末的变幻,似乎太空有声。还有一次是今年春天,在华京之一晚。这白楼在半天矗立着,如同一座玲珑洞开的仙阁。被楼旁的强力灯逼射着,更显得出那楼后的青空。两旁也是伟大的白石楼舍。楼前是极宽阔的白石街道。雪白的球灯,整齐地映照着。路上行人,都在那伟大的景物中,寂然无声。

249

再寄小读者 节选

通讯三

知识考点

1. 母亲 "我"能倚在母亲的身旁,伏在她的肩上,闭目宁神让她轻轻地摩抚

2. (1)× (2)×

3. 因为抗战以来不断的逃难,逃警报,如果母亲仍在,她脆弱的身躯,决受不起这样的奔波与惊恐,所以"我"因着她的早逝,而感谢上天。

三寄小读者 节选

通讯四

知识考点

1. 表现真情实感 多看书多借鉴

2. (1)× (2)√

3. 首先,创作来源于生活,要描写生活中感人的事情;其次,多看书读书,从书中积累词汇应用到写作中。

通讯六

知识考点

1. 识字 阅读 写作 四个现代化 语文

2. (1)× (2)√

3. 语文是学好其他一切学科的基础,语文是最锐利的武器,语文学好了,工作才能做好。

小橘灯

知识考点

1. 苍白的 冻得发紫 很短 很破旧

2. (1)√ (2)√

3. (1)不能。面对这样的贫穷生活,她笑着告诉"我",表现了小姑娘勇敢、乐观的精神,如果删去"笑"就变成冷冰冰的叙述,大大削弱了这句话的表现力。

(2)"一定"二字写出小姑娘拥有坚定的信念,必胜的信心,坚信前途必然是光明的。